杨剑龙 著

瞻雨书怀

杨剑龙诗歌集

广西师范大学出版社
·桂林·

图书在版编目(CIP)数据

瞻雨书怀：杨剑龙诗歌集 / 杨剑龙 著. —桂林：广西师范大学出版社，2015.8

ISBN 978-7-5495-6623-5

Ⅰ. ①瞻… Ⅱ. ①杨… Ⅲ. ①诗集-中国-当代 Ⅳ. ①I227

中国版本图书馆 CIP 数据核字(2015)第 089240 号

出 品 人：刘广汉
责任编辑：刘冬雪
装帧设计：赵　瑾

广西师范大学出版社出版发行
(广西桂林市中华路 22 号　邮政编码:541001
网址:http://www.bbtpress.com)
出版人:何林夏
全国新华书店经销
销售热线：021-31260822-882/883
山东鸿君杰文化发展有限公司印刷
(山东省淄博市桓台县寿济路 13188 号　邮政编码：256401)
开本：890mm×1 240mm　1/32
印张：18.25　字数：95 千字
2015 年 8 月第 1 版　2015 年 8 月第 1 次印刷
定价：99.80 元

目 录

感悟人生

城市素描

域外踪迹

山水游踪

作家评点

画景诗意

季节感怀

思绪驰骋

人生戏谑

情爱永远

友朋酬唱

见闻随感

敬奉长者

同仁戏赠

聚会情录

别情依依

未圆湖诗草

歌词天地

校园诗存

感悟人生

假如说

假如说
太阳不再升起，
是鸟总要歌唱。
假如说
地球不再转动，
有思想总要畅想。
假如说
海面不再有风，
是白帆总要踏浪。
假如说
夜空里不再有星，
有真爱就有星光。
假如说
世界上没有雨露，
有生命就会生长。
假如说
人生中没有欲望，
宇宙就不再延长。

2008 年 5 月 5 日于澳门大学

呼　吸

风云是大地的呼吸，
彩云是哭泣后绽露的笑意。
雾岚是山峰的呼吸，
霜雪是熟虑后思想的凝结。
有生命就有呼吸，
有运动才有精力。
没有了呼吸，
这世界就会窒息；
没有了呼吸，
这脉搏就会止息。
倘若缠住了自然的肺叶，
倘若掩住了宇宙的口鼻，
这世界就将停止呼吸！

2008 年 5 月 6 日于澳门大学

距　离

鱼钩,努力缩短
与鱼的距离;
猎豹,竭力吞噬
与鹿的距离;
落日,全力拉长
与地平线的距离;
生命,使劲延伸
与死亡的距离。
如果没有美丽,
情愿缩短距离;
如果缺少惬意,
但愿没有距离。
可以衡量的
是宇宙间的任何距离;
难以测量的
是心与心的无限距离。

2008 年 5 月 5 日于澳门大学

寻找与思考*

——写在"9·11"纪念日

我们在思念的余烬里寻找，
我们在记忆的瓦砾中思考，
是在寻找天柱崩塌时
飞走的一只白鸽？
是在思考残垣断壁上
失落的一顶草帽？

"9·11"
你的残肢仍在眼前颤抖；
"9·11"
你的烈焰仍在心中燃烧。
教堂的钟声
仍在为数千死难者祈祷；
嗜血的枪炮
仍在地球的角落里号叫。

我们在历史的皱纹里寻找，

---

* 中秋月圆时节，适逢"9·11"纪念日，正参加香港浸会大学中华基督宗教研究中心主办的国际学术会议，收看电视台放映有关"9·11"的纪录片，夜不能寐，遂写下此诗。

我们在现实的呻吟中思考；
每一条大街与小巷
贴满焦急的寻找的启事；
每一扇心灵的窗户
悬挂醒目的思考的布告。

寻找啊，我们寻找，
我们寻找人类博爱的心灵；
思考啊，我们思考，
我们思考世界凄惨的哀号。
别禁锢那只惊恐的白鸽，
要洗净沾满尘土的草帽。

寻找那只飞走的白鸽，
我们叩响每阵清风每重浪涛；
思考那顶失落的草帽，
我们询问每朵鲜花每叶绿草。
飞走的白鸽
你何时衔回世界和平的橄榄枝？
失落的草帽
你何时见到人间大同人道的拥抱？

2003 年 9 月 12 日凌晨于香港

冬日，挂在树梢上的风筝

冬日的寒风里
有一只断线的风筝挂在树梢上
它仍然在奋力地挣扎
却始终难以摆脱树枝的纠缠
一根线将它死死地缠在树上
如一根拴紧在码头上的缆绳
不让那艘老船漂走
它残破的身躯
倾吐着风雨折磨的痛苦
它蔚蓝的底色
思念着和煦的春风
它飘逸的缎带
渴望着那双黑色的眼睛
已经没有人在乎它了
任寒风去撕扯
任暴雨去鞭策
它在蓝天里翱翔的英姿
已经成为历史
它在白云里升腾的舞姿
已经随白云飘去
再也没有人对它翘首
再也没有人向它凝望

它默默地
默默地挣扎在冬日的寒风里
直至筋疲力尽
直至面目全非

1999 年 1 月 22 日监考所见

根的剖示

你是大地中盘亘着的累累血脉
渴望着阳光、空气和雨露
你是生命里探出的蠕动触角
抚摸着山的乳峰、水的身躯

你是沃野深处颤抖着的神经
传达着绿树的憎恶与爱情
你是星空下面挣扎着的蛛网
牵动着深夜里蓝色的呼吸、黑色的灵魂

1999 年 5 月 18 日于延安饭店

启蒙时代

是梁上
母燕对嗷嗷待哺
雏儿的哺育，
是森林
老狐对依恋母乳
小狐的驱逐，
是田野
农夫粗言秽语
对牧童的濡染，
是炕头
夫妇粗声喘息
对儿女的刺激，
是街角
演讲者的唾沫
对看客的鼓动，
是会场
领导人的言语
令听众昏昏欲睡，
是原子弹
对长岛的挑逗，
是赴死的战机
对珍珠港的亲吻，

是约翰的呐喊
对旷野的震动，
是孔子的游说
惶惶如丧家狗
的孤独！
愚昧者的自得其乐，
永远是启蒙者的孤苦！

2008 年 3 月 22 日于南京

青春的诗歌

诗歌，是酿造青春的美酒，
青春，是生命闪光的诗歌。
无论是学思湖的涟漪，
还是文苑楼的星斗；
无论是校园小径的徘徊，
还是绿树掩映的忧愁，
青春总是一首首美丽的歌。
无论是青春期的焦灼，
还是失恋中的风吼，
无论是踏入校园的欣喜，
还是离别友朋的深秋。
亲爱的朋友，
享受青春，享受诗歌，
青春的岁月，就是一首首金色的歌；
美丽的诗歌，就是一杯杯喷香的酒。
朋友呵朋友，
让我们一起品尝青春的美酒；
朋友呵朋友，
让我们一同朗诵生命的诗歌。

2006 年 9 月 29 日晚
于上海师范大学研究生诗歌朗诵会

婚恋之讴

恋

是一种殷切的期待，
让搁浅的船
回到大海，
让含苞的蕾
激情绽开，
让你我袒露心怀。

婚　礼

是一种宣告的彬彬有礼，
却往往失落了自己。
微笑，鞠躬，敬酒，
谁知心底是悲是喜？

生　育

是瓜熟蒂落的欢欣？
是还债的无穷无尽？
从蹒跚学步到小树屹立，
欢欣与苦痛相存相依。

离 婚

何必同床异梦形同路人，
绑在一起的感情，
如绑住双翅的长绳，
索性让你我双双放生。

2010 年 9 月 13 日
于上海文艺会堂曹禺百年诞辰研讨会

影　子

常常被吓坏的
是自己的影子
离开了影子
也难以看清自己
将影子留在身后
才能看出光的魅力
没有了影子
死亡就走近了身子
如影相随
人生才是立体的
充满生命力的

2010 年 11 月 26 日于复旦大学
“移动电视与都市文化”圆桌论坛

移　动

当移动成为风景，
感动的是人的心灵；
当风景成为移动，
不变的是人的感情；
移动，关注人的心灵，
移动，关心人的感情。

2010 年 11 月 26 日于复旦大学
“移动电视与都市文化”圆桌论坛

代　沟

不是乳沟
不是股沟
看不见
摸不透
难以对话
难以交流
给你一个背影
给你一个深壑
岁月
竟然划开了这样的鸿沟
年龄
竟然割裂了父子的交流

2012 年 12 月 9 日于武汉弘毅大酒店

心灵摹写五首

彷　徨

如陷入陷阱的猛兽
如跌入大海的小舟
迷失在秋叶缤纷的丛林
绝望了生命的追求
眺望着日落下的远丘

孤　独

深夜的路灯
将你的身影拉长拉长
你拄着拐棍
将孤独叩响小巷
夜半哀号的猫叫
是你寂寞的伴唱

失　忆

忘却了遥远的记忆
如一叶白帆消失天际
是否故意忘却
故乡的小巷

老宅的月迹
徘徊月下
寻找青春的点点滴滴

衰　老

岁月
一张拉紧的弓
衰老
耕耘压弯的腰
月落西天
一座弯弯的古桥

惆　怅

将石片
掷进湖心
看波纹荡漾
将琴弦
不停拨动
让音节震响
看日落月升
痴痴等待
明天升起的太阳

2012 年 12 月 8 日于武汉弘毅大酒店

衰老之讴

如一只老猫
　在太阳下
　伸着懒腰
如一辆旧车
　在小巷里
　增添着喧闹
佝偻的背
　一张疲软的弓
弯弯的腰
　一座古旧的桥
青春逝去
走向衰老
残月隐去
　谁吹奏一管紫箫
红日东升
　谁哼唱古老民谣
梦中总是
　故乡的小路
　蜿蜒飘渺
眼前总是
　风雨淅沥
　旌旗飘飘

内心总是
　　荡漾着青春
嘴里总吟唱
　　逍遥复逍遥
廉颇已老
　　虽尚能饭
黄忠已老
　　虽苦肉计
虽然逐渐走向衰老
但是仍然不能服老

2014 年 12 月 13 日
于上海交通大学国际会议

城市素描

城市素描七首

下班途中

川流不息的人群
勾画出城市流动的溪流；
摩肩接踵的高楼
连绵成现代都市的歌喉。
翱翔的哨鸽
隐约于闹市的蓝天，
飞舞的风筝
描绘出忙碌中的闲适。
下班匆忙的脚步
是婴儿欢愉的笑靥；
霓虹灯的闪烁
是城市精灵的抖擞。

2006 年 12 月 3 日于途中

邮　筒

孤寂地站着
一个绿色的思念
风也思念

雨也思念
因特网的时代
谁还会将梦
投入这空落落的
笑靥

报　亭

天天走过这
小小的报亭
买一份小报
关注世界的呻吟
不见了卖报老妪
的身影
却看见姑娘臂缠
黑纱的面影

广　场

熙熙攘攘
是老者的天堂
翩翩起舞
是晚霞中鹰的翱翔
天伦之乐
是祖孙三代的歌唱
日落西山

让记忆融入
雨中的棉花糖

校门口

一长串的轿车
在校门口耐心地等候
爷爷奶奶外公外婆
为全家的希望驻守
风雨无阻
岁月如歌
最热闹的
是鱼贯驶来的
助动车、自行车

乞　丐

裸露着残肢的疤痕
渴望的双目圆睁
乞讨的双手伸出
教堂门口
酒馆廊前
是乞丐的生存之梦
出卖痛苦
掩盖真诚
都市旮旯的人生

风　筝

在夜的都市
放一叶风筝
飘摇着升腾
月朦胧鸟朦胧
桥上走过一对恋人
牵手仰望月下
摩天大楼前
成为剪影的风筝

2012 年 12 月 1 日于华东师范大学

纽约组诗

上海滩饭店聚会一瞥

年轻老板娘的笑靥，
是黄浦江旖旎的旋涡；
主持人华丽的礼服，
是美味佳肴中的极品；
挤挤挨挨的合影，
是文人相亲的佐证；
秋夜中的握别，
是梦萦魂绕的春风。

纽约地铁之思

夜半地铁的钢牙，
咀嚼着纽约百年的梦呓；
醉汉车厢里的舞蹈，
舞动着月光中的绮丽；
月台上孤独女郎的身影，
拉长了岁月的皱纹与嘘唏。

纽约时差

将昼当作夜，
把夜视为昼，
行走在日光下的大街，
却如一只夜行的鼠。
哈欠嵌入了骨髓，
做一场异国的白日梦。
十二个小时的时差，
是用尺难以衡量的差距。
干脆二十四小时不睡，
去追逐纽约的魅力。

纽约独行

在纽约的街头踽踽独行，
如风在冬日里歌吟。
揣张地图在怀，
尾随一条迷失的狗，
嗅着街头咖啡的香味，
徘徊在夜月下的影子里。

2005 年 10 月 29 日
于纽约皇后区图书馆

衡山路之夜

这里,夜的风也是香的
这里,夜的色也是暖的
高跟鞋的后跟
踩出了三十年代的节奏
萨克斯的乐曲
激动着老克勒的旧梦
鸡尾酒的色调
调进了失恋者的泪痕
咖啡杯的浓香
磨出了热恋者的密语
时光倒流
怀旧者烛光中的歌吟梦呓
岁月如梦
风尘女嬉笑里的及时行乐
影影绰绰朦朦胧胧
轻歌曼舞对酒当歌
在疲累里寻找轻松
在失衡中寻觅平衡
衡山路,既然你连山都能平衡
难道不能平衡现代人的心胸

2005 年 3 月 20 日

初冬街景

梧桐叶的飘零，
翻阅着青春的梦境；
自行车的铃声，
叩响了街巷的精魂。
擎着小旗的值勤，
迎来了红领巾的笑颜。
石库门前的小贩，
吆喝着熟悉的歌吟。
高架桥上的车速，
勾画出现代的弧形。
拎菜篮的主妇，
围着火样的围巾。
三岔路口的交警，
拨动着车流的弦琴。
初冬的街景，
跳动着城市的生命；
初冬的街景，
演绎着现代的小品。

2006 年 12 月 16 日
于上海外国语大学高级翻译学院

都市怀旧

都市的旧梦，
在石库门前
蜂窝煤袅袅的烟雾中，
在小弄堂里
卖糖粥长长的吆喝中，
在弹硌路上
滚铁圈辚辚的跳动中，
在亭子间前
跳皮筋欢快的童谣中……
新楼幢幢崛起，
旧梦悄悄隐去，
新天地街衢徘徊，
惆怅中充满茫然，
老月份牌前的凝视，
恍然间
旧仕女已着新装，
百年老店里的品尝，
唇舌间
传统名菜早已变味。
都市怀旧，
已成为醒来后难以记起
依稀的旧梦，

依稀的旧梦……

2007 年 7 月 8 日

澳门印象五首

葡京赌场

夜色中
一只彩色的鸟笼，
在海边的小城里
多么得宠；
飞进鸟笼的鸟儿，
总做着金色的梦；
迈出大门的鸟儿，
落尽了羽毛的双翼，
是否还飞得上蓝蓝的天空？

大三巴牌坊

你是澳门苍老的面容，
一堵教堂古老的高墙。
倘若没有火的洗礼，
你会保持着富丽堂皇，
却没有了岁月的沧桑，
不能引起人们的遐想，
痛苦也构成了历史的辉煌。

大炮台

伫立在海边的炮台，
昂首在台上的巨炮，
仍然眺望着茫茫大海，
倘若没有民族的尊严，
巨炮也会弯下膝盖。

蓝与白

蓝白两色的瓷片，
描画出议事厅前的大海。
蜿蜒曲折的海浪，
如梦如幻的曲线，
将海的精魂烙上
风风雨雨的记载。

赌城随感

打桩机的歌吟
吟颂新矗起的威尼斯赌城，
夜色中吹来的海风
隐约着老虎机梦呓的狰狞。
葡京霓虹的色彩缤纷
送走了赌客黄金的残梦；
希腊神话的虚幻迷离

萦绕着殖民文化的袅袅烟痕。

2007 年 1 月 11 日于澳门科技大学

老　树

将一颗心
拉成了长长的月光，
总照在记忆的梦乡；
将一双眼
放大为飞驰的太阳，
总落在故里的雨巷。
酒醉时刻，
唱出的总是民谣；
梦醒时分，
听见的常是乡音。
移植的一株老树，
连落叶也盼望
飘落到遥远的故乡。

2007 年元月 11 日于澳门科技大学

打工者素描

用一双溃烂的手
积攒起家乡壮观的楼，
以一弯谦卑的腰
挺直了故土尊严的桥。
背起了行囊铺盖，
背起了父母的渴望
妻儿的未来；
蹲坐闹市的守候，
守候着明天的太阳
风雨的抖擞。

上海之夜二首

一

伫立浦江岸
老妇的枯影
霓虹江畔绚烂
波光粼粼
皱纹纵横是沧桑的记忆
黑色长裙有孤独的呻吟
一艘广告船驶过
多彩变幻的荧屏
让老妇的面容似金如银

二

错过了最后一班地铁
漫步于上弦月之夜
甲虫爬满了拥挤的街道
细雨梦幻了绮丽的霓虹
湿漉漉的夜
湿漉漉的心
一只流浪的狗

在街角瑟缩颤抖

2009 年 10 月 26 日

于上海—巴黎都市文化国际学术研讨会

上海秋意

一

风凉鸟鸣早，
叶落行人少。
雨滴闹市暗，
草青景色好。

二

月圆浦江弯，
蜿蜒是外滩。
霓虹夜之魅，
美景不胜看。

三

夜深咖啡香，
徘徊街衢长。
梦里谁家女，
风尘旧曲唱？

四

天低楼层高，
叶落闲暇少。
何时可偷闲，
菊香人独钓。

2009年11月14日上午
于第八届海派文化学术会

城市白描九首

外白渡桥

摇呀摇,摇到外婆桥
弓起的背,钢筋的妖娆
曾是黄包车夫的怨声载道
站在修缮后的桥头
拍一张故作深沉的小照

苏州河

不是苏州的丝竹琴韵
曾照见船帆黝黑的身影
不见了码头工人压弯的脊背
却有了涟漪中鱼儿的歌吟
与龙舟竞渡的欢欣

外　滩

如一张拉开的弯弓
弯成了殖民地的旧梦
没有了比肩连绵的情人墙
唏嘘感叹的白发老翁

迷惘中回荡着海关洪钟

十六铺

曾是上海最大的铺
汽笛拉响踏入都市的迷糊
浦东与浦西的长袍与西裤
一夜之间没有了码头的风景
去哪里寻找旧梦的被褥

有轨电车

叮叮当当
曾敲响城市的神经
是夜半迷离的风铃
高架道路的盘旋重叠
却消失了岁月的叮咛

磨剪刀

走街串巷的磨刀
削刀……磨剪刀……
锋利是悠长吆喝的苦恼
磨去了锈迹斑斑的昨天
让生活穿一件光灿灿的新袄

橡皮筋

在弄堂里跳橡皮筋
如弹奏童贞的六弦琴
忘却了妈妈的叮嘱
烧糊了煤球炉上的真情
徘徊在街头的冷清

纸飞机

用花纸叠成蓝天的向往
比试着谁飞得高，飞得悠扬
攀上树枝搜寻赖在枝桠上的梦幻
撞翻了鸟巢打破了一窝鸟蛋
年迈时仍难忘纸飞机的彷徨

折　纸

用巧手与真情折纸
猴、蛙、塔、雄狮
炮艇、坦克、飞机
驰骋想象的空间
酿造自斟自饮的美丽

2009 年 9 月 11 日下午
于华亭宾馆第三届沪台民间论坛

夜 巷

月牙，冷冷地
窥视长长的夜巷
一只瘦猫
爬上斑驳的篱墙
两双足迹
将瓦的宁静叩响
一对心的跳荡
将夜的小巷丈量、丈量
两个恋人的影子
被月光拉长、缩短
缩短、拉长
即将远去的青年
把惜别的吻
深情地印在姑娘的唇上
泪眼迷离的女子
泪水溢满长长的夜巷
月牙坠落夜风凄凉
昏黄的路灯下
依偎着依依惜别的青年、姑娘
那只瘦猫独自在夜巷徜徉

2008年11月15日于南郊宾馆

晨　雾

湿漉漉
浓浓的晨雾
车灯昏黄
森林中徘徊的虎
自行车的铃声
敲不破黏稠的雾
人生难得糊涂
浓雾中的道路
没有了速度
封闭的高速
等候着焦急的车夫
与新结识的朋友
一起吞云吐雾
盼望升起的太阳
驱散这朦胧混沌的糊涂
……

2008 年 11 月 15 日于南郊宾馆

夜游天津

秋夜朦胧
灯影憧憧
无雨无风
行走在
夜的旧租界
萦绕着繁华旧梦
法租界的浪漫
英租界的傲气
意大利的沉重
……
历史留下了片片风云
建筑成为岁月的旧梦
漫步夜的天津
如痴如醉
似幻似梦
……

2010 年 10 月 24 日于天津师范大学

废墟与问号

当生命成为焦炭
袅袅余烟
画出一连串的问号
当高楼成为废墟
菊花如雪
泪水流出长河
灾难
触动内心的痛
火灾
燃起内心的火
将泪与酒
洒在高楼下
将爱与怨
悬在树杈上
逝者已去
生者长歌

2010 年 12 月 4 日
于朱家角皇家金煦花园酒店

城市病三首

呼　吸

去哪里寻找
健康的肺？
城市，常常
濒临窒息；
是哪里排出
鬼魅般的废气？
让城市焦虑、彷徨、迷离。
夜半时分
当明月也被蒙上了
烟霾与追忆，
城市，已几乎难以呼吸。

拥　挤

去哪里寻觅
自我的天地？
如一尾罐装的沙丁鱼，
拥挤，拥挤又拥挤。
鳞次栉比的大厦，
挤挤挨挨的街道，

蜂拥而入的地铁，
甲虫般蠕动的车队，
我踩了你的鞋，
你扯了我的衣，
他撞了你的乳，
你拉了我的臂。
真想跳出地球，
在宇宙开辟
一片不再拥挤的天地。

失　忆

去哪里寻找
失去的记忆？
月下外婆的故事，
井前辘辘的歌曲，
小巷蜿蜒的石径，
货郎吆喝的怪异。
灯红酒绿，高楼林立，
车水马龙，喧闹拥挤，
推土机推平了历史，
霓虹灯黯淡了记忆，
城市的失忆，
让人们失落了自己。

2010 年 12 月 11 日于中山大学

三说海派

说海派之一

海派是海不是河，
海纳百川汇众流。
辽阔浩淼放眼望，
东西南北都是歌。

说海派之二

有海无派不怕怪，
放进篮子都是菜。
百花齐放都争艳，
灯红酒绿乐徘徊。

说海派之三

西风东渐风雨来，
吹进华夏濒大海。
创新出奇传天下，
是恨是爱是上海。

2010 年 12 月 14 日于上海作家协会

城市是什么

城市,是故乡的砖、瓦与栋梁——农民工
城市,是夹道欢迎欢送的景观——官员
城市,是用青春换取价值的夜晚——妓女
城市,是人来人往灯红酒绿的迷惘——学生
城市,是以车轮辗出的日常生活——出租车司机
城市,是逃避城管的街头市场——无执照小贩
城市,是垃圾成堆永远扫不净的场所——清洁工
城市,是性病流行与泛滥的魔窟——性病医生
城市,是宠物之间亲热招呼而主人之间十分冷漠的街头——遛狗者
城市,是废气排放污物生产之处——环保员
城市,是小偷显示功力驰骋偷技的天地——小偷
城市,是坑蒙拐骗的黄金之地——骗子
城市,是精神病批量生产的恐怖之地——心理医生

2011 年 2 月 19 日于松江开元名都大酒店

域外踪迹

布拉迪斯拉法印象三首

有轨电车

叮叮当当
叩响城市之梦，
蜿蜒的轨道
画出历史年轮。
从暮色到清晨，
从深秋到早春，
你，总是古城的精魂，
有一天没有了你的身影，
失魂落魄中便多了摩登。

古　堡

你静静地安卧在此
多少载？
如一位长须髯髯的老人，
每一块砖石
都镌刻着悠长的故事，
每一片树叶
都撰写着深邃的风尘。
当雪霁时分月上古堡，

静静地，总是名画一帧。

晨 祷

清晨起早的是小鸟，
更早的是教堂的晨祷。
在十字架前祈祷，
抛弃人间的烦恼。
受难的基督呵，
在你的面前，
一切充满了阳光与美好。

2008 年 4 月 11 日于布拉迪斯拉法

日本纪行三首

岚山之岚

山的翠，
湖的绿，
静谧的岚山，
岚是景之魅。

升腾在湖面，
缠绕在山间，
如轻纱，
似玉带，
唤来阵阵细雨。

大阪城之门

巍峨的天守阁，
守不住这大阪城；
宽阔的护城河，
护不住权力纷争。
火灾中唯一留存
的樱花门，
是否刻入了

自尽的武士
丰臣秀吉的英魂?

歌舞伎町之韵

撑着一把花伞,
清晨,漫步在雨中的
歌舞伎町,
雨中的街巷
寂寞冷清。

2007 年 7 月 16 日于日本

巴黎行五首

圣母院

悠扬的钟声
叩响千年古梦
爱与美的故事
寄寓在丑陋的面容
徘徊在教堂前
世界永远上演着
善与恶的争斗

塞纳河

没有了大革命的血痕
浪漫荡漾，涟漪阵阵
河畔裸体女日光浴的倩影
与古老华美桥梁的幽梦
埃菲尔铁塔倒映在波光里
塞纳河总是这般年轻绮丽

巴黎之梦

埃菲尔铁塔
矗立在蓝天下的怪兽
曾经被嗤之以鼻的
钢铁巨塔
却成了巴黎形象之歌
登上塔顶俯瞰大地
浪漫之都蜿蜒河流

2009 年 10 月 26 日
于上海—巴黎都市文化国际学术研讨会

埃菲尔铁塔

你是古城巴黎的新梦，
以你铮铮的铁骨，
铸就了塞纳河的风韵；
你是欧洲大陆的威风，
以你奇特的身姿，
展现出大胆的想象、神奇的梦魇。

撑住了巴黎的蓝天，
罩住了凡尔塞宫的旧梦；
如一管铁笔
将巴黎人的自豪，

写上宇宙的天穹。

登上埃菲尔的塔顶，
一览巴黎的古都新城，
绿树掩映中昏睡着
几代帝王的噩梦？
碧玉带般的塞纳河中，
如蚁的艘艘游船，
犁开了新世纪的晨风。

2004 年 1 月 18 日

凯旋门

当将军气宇轩昂地
从此门昂首走过
凯旋的骄傲中
却有多少母亲
面对儿子尸首号啕大哭

当凯旋的乐曲
在这里声震寰宇
胜利的鲜花前
却有多少流浪者
饱受过战火蹂躏与折磨

一将功成万骨枯

成者为王败者寇
凯旋者的骄傲
失败者的落魄
却有多少无辜生灵成枯骨

2004 年 1 月 18 日

比萨斜塔

你艰辛地斜斜地站在这里，
已经有了几个世纪？
如果你是一身正气，
也就没有了游客的惊奇。

黄昏的暮色里，
你抗拒着地心的引力；
清晨的霞光里，
你迎来了鸟儿的笑语。

在斜塔的顶端，
一株小树在风中摇曳，
好像是斜塔的惊魂，
在黄昏中舞动着夜的梦寐。

2004 年 1 月 18 日

威尼斯

水是你的精灵，
桥是你的血脉，
古城威尼斯，
一艘艘贡多拉，
如梭子编织成
一张古城婉转的地图。

小桥流水，
独领千年古城风骚；
凭栏远望，
忘却烦嚣人间尘梦。
当月升当空，
是否还会听到
叹息桥上叹息声声？

2004年1月18日

新世纪酒店畅想

将新世纪的舞步，
织进子夜的月光，
把涌动的欲望，
流入叮当的赌场。
霓虹灯的闪烁，
是力比多的能量，
半赤裸的微笑，
是开放了的翱翔。
扯下遮挡的云霞，
露出心底的太阳；
推开喉咙的山峦，
让真我仰天歌唱！

2008 年 5 月 5 日于澳门大学

与会圣彼得堡有感

六月雪轻杨花飘，
群贤毕至乐逍遥。
涅瓦河畔谈鲁迅，
冬宫门前说皇朝。
美景泛舟美梦多，
新域登车心事少。
最是白夜天下奇，
夜半神游彼得堡。

2006 年 7 月 1 日于圣彼得堡大学

赞游子吟音乐沙龙

阔别故土多少载，
乡音未改鬓毛衰。
相聚高歌梦中曲，
别离低吟游子爱。
木兰诗篇扬名声，
康定情歌抒情怀。
天籁之中觅心声，
音乐沙龙春常在。

2005 年 11 月 22 日于纽约皇后区

印度行十首

泰姬陵*

纯白大理石的墓陵，
数百年前帝王爱情的象征。
两万人二十二年的噩梦，
变幻成举世无双的传闻。
白色的并非总是纯洁，
红色的并非总是忠诚，
白色恐怖，红色血腥。
当蓝天下的至爱已成永恒，
暴君的专制将百姓的苦难酿成，
个人的情爱导致了国家的沉沦。
月夜星辉下泰姬陵银色歌声，
游走着多少苦难百姓的冤魂。

阿格拉红堡**

沙・贾汉王泰姬陵的爱情，

---

* 印度阿格拉的泰姬陵，是莫卧尔帝国沙・贾汉对其爱妃永久的纪念。镶满宝石的白色大理石建筑，由 2 万工人耗时二十二年才完成。

** 亚穆纳河畔的阿格拉堡，是阿克巴大帝于 1565 年动工兴建的，据说沙・贾汉王晚年被其三子囚禁于此堡的楼塔中。

演绎为阿格拉堡的囚禁，
是逆子背叛父王的不伦？
是忠臣不满暴君的愤懑？
七载禁锢孤寂的反省，
远望泰姬陵的白色陵寝，
大权在握时的奢侈孤傲，
已变成孤零零的日出黄昏。
世上演过多少帝王的悲剧，
倒不如百姓平平常常的人生。
远望阿格拉红色的城堡，
变幻着帝王难醒的噩梦。

万镜之宫*

以万颗珠宝镶嵌门扉窗棂，
用万片明镜装饰石壁穹顶。
红日似火，朝霞辉映衣袂，
月华如银，烛光闪烁流萤。
置身万镜之宫，奢靡中失落了自我；
徘徊虚虚玛哈，虚幻里如梦似醒。
权势财富，宫殿民间泾渭分明，
骄奢淫逸，挥霍来自平民百姓，
最公平的是生命和光阴。

---

* 斋浦尔琥珀堡内的镜宫为国王的寝宫，殿内由镜片与宝石装饰，被称为虚虚玛哈，又名万镜之宫。

风　宫*

粉色之城的粉色之宫，
是古代皇妃粉色的梦。
禁锢住多少美女绮丽的欲望，
锁不住皇后嫔妃多情的心胸。
借精雕细琢镂空的窗棂，
窥视大千世界的粉色人生。
奢华与单调是宫廷的月落月升，
俭朴与丰富是世间的坎坷浮沉。
风宫中窥望街巷的皇妃，
恨不能月夜里逃出宫廷，
去享受民间的人伦爱憎。

2010 年 2 月 3 日
于阿格拉至占西的火车上

卡修拉霍性庙**

万千妩媚
没有哪里会将欲望

---

* 建于 1799 年的风宫，是昔日宫中皇后与嫔妃们观赏宫外集市景象的地方。

** 建于 10—11 世纪昌德拉王朝的卡修拉霍性庙，通过印度教瑜伽术谭崔的修炼，通过肉体的享受达到“三摩地”的境界，赞扬生命的热情和肉体的欢愉。

展现得如此栩栩如生，
千奇百怪
没有哪里会把性爱
雕刻得这般庄严神圣。
生命在这里涌动，
热血在这里奔腾，
享受男欢女爱，
阅尽世间风情。
忘却烦恼郁闷，
感悟性福永恒。
用艺术展现本能，
以宗教修炼法门。
漫步于古老的性庙，
想象着千年前的世界。
走出了精美的性庙，
反省着忙碌的人生。

恒河崇拜*

将颠沛流离的星月，
凝聚成恒河畔的崇拜；
把庸庸碌碌的浮尘，
仰望着母亲河的女神。
隐去了晚霞的辉煌，
期待着满天的星辰。

---

* 恒河为印度的圣河，每天晚上在恒河边举行女神崇拜的仪式。

穿上了华美的沙丽，
盼望着崇拜的神圣。
敲响了动人心弦的鼓点，
摇动了金碧辉煌的钟声。
七位少年曼妙的舞姿，
海螺吹响蓝色的回声，
鲜花飞扬金色的梦魂。
将火的烈焰点燃，
把水的生命奔腾。
恒河岸的崇拜，
演绎着千年的真诚。

鹿野苑*

哪堵墙壁烙下了
佛祖说法的余韵？
哪头花鹿遗留下
释迦牟尼的精魂？
残垣断壁
曾经是阿育王朝的辉煌；
绿草茵茵
如今是游人如织的梦魂。
穆斯林的劫掠
遗留下圣地的噩梦；

---

* 鹿野苑位于印度北方邦瓦拉纳西以北约10公里处，是佛教在古印度的四大圣地之一。

鹿野苑的繁盛
残存着超度的历程。

瓦拉纳西古城*

恒河岸的火葬余烟袅袅，
日出的晨曦红彤彤的清晨，
在古城小巷里的婉转，
是亘古不变千年的人生，
奶牛是古城当然的主人。
小心翼翼寻找落脚之地，
不留心踩到褐色的牛粪。
家家屋顶上的炊烟缭绕，
古巷回荡着悠长祈祷歌声。
头顶铜壶姑娘婀娜的身影，
闲坐着美须髯髯的老人。
瓦拉纳西古城的闲逛，
垃圾堆出了游客的噩梦。

观恒河晨浴

晨曦中朦胧的身影，
绘出了恒河堤岸的奇景，
将全身心的虔诚，
洗净罪孽的人生。

---

* 瓦拉纳西是印度教的圣地，是恒沿岸边最特别的城市。

幢幢的灯影，
闪烁的星辰，
轻捷的木舟，
古老的城门。
回荡着祷告的歌声，
等待着红日的升腾。
捧一掌细沙入罐，
买几尾小鱼放生。
当霞光染红恒河的涟漪，
倒映着圣河沐浴的神圣。

2010 年 2 月 7 日德里至加德满都飞机上

惊险三轮车行*

前呼后拥
如军队出征浩浩荡荡；
长蛇蜿蜒
三轮车队伍奇特雄壮。
瓦拉纳西的街头
如巨蟒游走；
古老拥挤的街道，
像洪水奔突跌宕。
树杈、石块、枝叶，
在暴雨后翻滚的激流；

---

* 晚上去恒河边观赏女神崇拜仪式，乘坐三轮车前往，浩浩荡荡行进在瓦拉纳西街头。

摩托、轿车、自行车，
磕磕碰碰、跌跌撞撞，
汇成了奇异的古城暮色里的景色。
这边呼唤，那里招手，
这边激动，那里忐忑，
只有警察斜挎着步枪，
手擎着棍棒指挥吆喝，
只有一头黑白的奶牛，
绅士般地漫步街头，
让车辆只能跟在它后面慢慢行走，
呵，在古城瓦拉纳西的街头。

2010 年 2 月 8 日

埃及之旅七首

肚皮舞

抖动了几千年的肚皮，
和着动人心弦的鼓；
悠扬婉转的歌声，
烧灼着游人的心火。
尼罗河上的夜色呵，
都写进了这欢歌和狂舞。

莫嫌这腰身太粗，
莫道这舞姿太俗，
撩拨起血的节奏，
敲击着心的鼙鼓。
尼罗河上的夜色呵，
都写进了千姿百态的舞步。

2004 年 2 月 2 日夜于开罗

尼罗河放歌

白帆升起来，升起来，
鼓儿敲起来，敲起来，

歌儿唱起来，唱起来，
欧阿莱莱，欧阿莱莱，
荡舟尼罗河，
我们乐开怀。

头巾飘起来，飘起来，
姿势摆出来，摆出来，
镜头拉起来，拉起来，
欧阿莱莱，欧阿莱莱，
放歌尼罗河，
声震云天外。

碧水蓝天白帆舞，
椰林沙漠鸥徘徊，
这船对着那船喊，
欧阿莱莱，欧阿莱莱，
放眼尼罗河，
笑声醉成海。

2004 年 2 月 3 日于开罗

地中海即景

古城堡遥远的梦，
融入了千年的涛声，
地中海湛蓝的明眸，
印下了月的银白、

日的血红。
一只斑斓的海螺，
吹奏出帝王的豪气、
妃子的落寞。
飞溅起的澎湃雪浪，
打湿了钓者的耐心、
游客的激动。
埃及女郎的黑白头巾，
与明亮的双眸、
恬静的笑容，
深深刻入我多情的心胸。

2004 年 2 月 7 日于亚历山大港

方尖碑前的伫立

你是一件未完成的杰作，
在蓝天下数千年默默静卧；
没有碑文，
没有基座，
庞大的锥形，
显现出古埃及的气魄。
没有碑文，
却为全埃及的方尖碑立传；
没有基座，
却将古埃及辉煌历史诉说。
我在你巨大的身躯前伫立静默，

世事沉浮，起起落落，
风雨如晦，日月如梭，
你却依然默默静卧。
多少帝王书写下的辉煌史册，
都不如你——
这实实在在未完成的杰作。

2004 年 2 月 4 日于阿斯旺

卢克索火车站的等候

如狮身人面像，
在金字塔前的久久等候；
我们在卢克索车站，
等待着一列迟到的列车。
三埃镑的热茶，
松弛了麻木的双腿；
香喷喷的瓜子，
缓解了难耐的饥饿。
误了点的火车，
是因为古尔邦节的欢乐？
千年古国的疲乏，
司空见惯的耽搁。
为迎接一列新到的客车，
小贩们个个精神抖擞，
商品在两边站台上传递，
抛接如杂耍般令人惊愕。

说一个充满人生真趣的故事吧，
就像斯芬克斯之谜那样悠久；
勾一双小巧稚趣的纱袜吧，
就如童年时代唱的一首儿歌。
欢声笑语中
忘却了时间的流逝；
徘徊踟躇里
激发起购物的欲求。
我们在卢克索车站久久等候，
我们等候着，
等候着埃及——
这趟被耽误了的列车……

2004 年 2 月 6 日于卢克索车站

多哈之夜，我们看海去

多哈之夜，我们看海去，
陌生的城市，
拴住了我们新奇的眼光；
疾驰的车群，
挡不住我们看海的步履。
如新月一弯
勾出一条美丽的曲线；
像银河璀璨
飞落夜的阿拉伯海湾：
明月、繁星、椰林、灯火，

清风、海浪、小船、堤岸，
我们沉醉在多哈之夜的海湾。
让我们唱一首大海的歌曲吧，
美丽的大海
是人类的摇篮；
让我们掬一捧清澈的海水吧，
咸咸的滋味
如品尝异国佳肴一般；
留一张合影吧，
让多哈之夜的欢乐，
烙上我们心的风帆。
多哈之夜，我们看海去，
在神奇迷离的阿拉伯海湾；
多哈之夜，我们看海去，
年轻得如同少男少女一般。
卡塔尔的多哈之夜，
转机途中，虽然短暂，
在我们生命旅程上，
却如新月美丽、银河璀璨。

2004 年 2 月 10 日于卡塔尔多哈机场

帝王谷畅想

没有金字塔的高耸，
却在山岩中开凿死的王宫；
没有方尖碑的庄重，

却有壁画长廊的华丽雍容。
以生前的权柄和幻想，
建构起死后的豪奢奇梦；
以死后的奢侈和壮观，
展现出生前的奇幻恢弘。
妄想长生不老，
用最昂贵的金银建筑墓穴；
祈望灵魂永生，
用最华美的图案描绘美梦。
寸草不生的帝王谷呀，
你是古埃及帝王绮丽荒诞的歌；
黄色连天的黄石谷呀，
你埋葬着骄奢淫逸的春夏秋冬。

2004 年 2 月 22 日

柬埔寨之行十三首

高棉的微笑

不知道你
微笑了几个世纪，
望着高棉的日出日落，
沐着东方的枪林弹雨，
你的笑容里有多少苦涩？
你的笑容里有多少哭泣？
加亚巴罗曼七世的笑容，
照亮了高棉灰色的天际，
当内战的枪声止息，
高棉的微笑
才真正有了笑意。

小贩

居然有如此
敏捷的身手，
风驰电掣的一叶小舟，
靠拢攀上游船，
如一只精明的小猴，
将香蕉饮料四处兜售，

Bannar 三仙的吆喝，
是湖上绕梁三日的欢歌。

母子船

摇着一艘轻灵的小舟，
在游船丛中不倦地兜售。
四岁的女儿
脖子上围着条花蛇，
乞讨的眼神，
执著的吆喝。
两岁的儿子，
赤裸着在甲板上
早已睡熟。
摇篮里的婴儿，
哭泣着因为饥饿，
敞开怀奶孩子，
并不避络绎不绝的游客。
浑浊的洞里萨湖呀，
你承载着多少条船舟？
轻灵的母子船呀，
你是一曲生命之歌！

嬉戏

一柄木桨，
一只铝盆，

盆即是舟，
舟即是盆，
追逐、偷袭，
撞击、浮沉，
你们是湖上的小精灵。
得意时的开怀大笑，
失意时的填膺义愤，
将浊流摇出朵朵雪浪，
将生命荡出曲曲欢歌。
最是那独臂的男孩，
杂耍般地在浪里驰骋，
望着他笑容里的天真，
谁还会记得夺去他手臂
的那一场战争？

观落日

凭栏湖上，
橙黄色的落日
在湖上绘出橙黄色的倒影；
浊黄的湖水
泛起金光粼粼。
放松心情，
让思绪随暮色
在浪里歌吟，
让心海随落日
镀上一层金银，

洞里萨湖的落日
别有一种风韵。

路途所见

黑的、白的，
漫步田野，
牛儿也瘦骨嶙峋；
高的、矮的，
树林掩映，
高脚屋也鹤立鸡群。
飞驰的摩托车，
载着一家大小四五口，
蜿蜒的河流，
倒映着椰子树的风韵。
小铺前懒卧的黑狗边，
是赤裸熟睡孩童的美梦。
金碧辉煌的寺庙，
供奉着希望与神圣。
简陋宽敞的校舍，
寄寓着未来的国魂。

残疾乐队

奏出动听乐曲的，
竟然是一个个残疾者，
用一只独臂击出的阵阵鼓声，

叩动了游客的怜悯真诚；
无腿者拉出的琴音，
诅咒着无情的战争。
地雷的怒吼一声，
永远是高棉的噩梦。

巴肯山落日

坐在巴肯山古庙的台阶，
与千年的石狮一起
观望高棉的落日，
余晖为寺庙和我你，
镀上一层梦般的金色绚丽，
让我们将高棉悠久苦难的历史
回味。

斗象台

为了挑选
帝王的坐骑，
建筑成这座
奢华的斗象台，
壮观的壁雕，
呈现出斗象场面
的壮观与风采；
传神的雕塑，
昭示着帝王坐骑

的剽悍与气派。
斗象台
书写着历史的辉煌，
也将帝王的骄奢淫逸
一笔一笔记载。

塔普仑寺

几千年的岁月流逝，
古树已成为寺的精灵。
以巨蟒般的身躯，
缠绕着古塔巨石，
婆罗门教的精魂，
已在古木上附身。
居然有枝干
在墙缝间伸出盘绕，
如缠住了欲挣脱的恋人；
倘若谁想分开他们，
玉碎瓦全永远是一场噩梦。

女皇庙

粉红色的石雕，
粉红色的梦，
精致绝伦的雕刻，
塑造着古老的湿婆神。
女皇奢华的一生，

演绎着高棉的
一阕悠悠长梦。

金银阁寺皇宫

你是用金银
打造的一座牢笼，
与政治疏离的国王，
独自做着
一个接一个噩梦，
虽然金碧辉煌花团锦簇。
高棉的国王呀，
身居金银阁寺皇宫，
却总以漫长的经文
陪伴着孤独的时钟。

波尔布特罪恶馆

将罪恶写入一页页史册，
惨无人道，连明月
也双目紧闭清泪长流。
少男少女风华正茂，
杀人如麻人如禽兽。
当疯狂染上了波尔布特，
高棉的子子孙孙，
永远将这刽子手世代诅咒。

2008 年元月 31 日于吴哥至金边途中

山水游踪

在山水中行走

以一双饥渴的眼眸，
去聆听山川之秀；
用一根躁动的心弦，
去拨动溪水的歌喉。
在山山水水中行走，
放纵精神去遨游；
在五湖四海里行走，
让生命更加抖擞。

2006 年 11 月 24 日
于香港世界华文旅游国际会议

踏遍青山等十八首

踏遍青山

以多情的双眼
品尝山水琼浆
以深长的镜头
拥抱人间景象
忘却了青石板的疲惫
将美的风光永烙心上

涛声依旧

涛声亲吻着旧船
海鸥拍打着桅杆
轮舵依恋着码头
情思总系着锈斑

落红无数

用红叶铺成地毯
宣告秋风的登场
钟声叩响暮色炊烟
听红叶在屋顶轻唱

古道瘦马

不见枯藤昏鸦
却有古道瘦马
不见小桥流水
却有古意枝桠

孤寂小窗

独倚小窗观望
窗外无限风光
回眸年轻岁月
而今寂寞彷徨

一叶知秋

将秋的梦幻擎在手上
将心的向往浸透迷惘
粉红色的擎叶女孩
是秋天里的美丽风光

天伦之乐

音乐般蜿蜒的小巷
史册样斑驳的古墙
老人与孩子的逗乐
小镇天伦之乐华章

物我无间

不驱赶海鸥信鸽
有美味一起分享
与自然亲密无间
何时也长出翅膀

原木风情

年轮里藏着多少故事
教堂中送走多少梦想
背靠原木面对着青山
听年轮在轻轻地呢喃

香格里拉之魅

如国画般洇开
根根笔立的枯枝
是香格里拉的精魂
似古琴般缠绵
一泓清澈的湖水
是香格里拉的幽梦

黄果树垂钓

任瀑布如雷贯耳

我依然悠闲垂钓
独钓寒江雪的意境
也可以在这里觅到

秋色绚烂

秋风唱出秋的绚烂
秋叶舞动美丽衣裳
碧波荡漾顾影自怜
如诗如画人间天堂

暮色诗韵

晚霞将路灯点亮
暮色是情人的向往
踏落叶携手漫步
默默无言情深谊长

地中海的笑容

凝聚着地中海的阳光
笑颜才这样灿烂
沐浴着地中海的海风
心胸才这样宽广

丽江诗韵

重重叠叠如古老的史册
高高低低似悠扬的音乐
读懂了丽江就读懂了中国
浏览过丽江就会吟诵诗歌

得意花匠

也许沾染了花的神韵
花匠才会这样的美丽
也许浸透伏尔加涛声
笑容才会这样的真诚

滴滴湖之魅

湖的柔媚船的悠游
造就了船姑的风韵
看这魔鬼般的曲线
令人湖畔驻足不走

马踏青石巷

马蹄敲出久远的梦
任马儿青石巷漫游
古镇商铺琳琅满目

叼一支烟精神抖擞

2008 年 2 月 26 日

荷花淀夜行

残荷千里星光稀，
柳拂秋风眼迷离。
登临栈桥影朦胧，
云开月明歌吟时。

2008 年 10 月 15 日于保定荷花淀

游仙都有感

一柱擎天，
苍翠山峦连绵；
庙宇庄严，
碧水倒映群岩；
漂流山涧，
歌声婉转缠绵；
民居古旧，
白墙黛瓦颓败；
歌狂鱼鲜，
梦中眷恋无限。

2008 年 10 月 27 日
于金华至杭州途中

婺江夜游

影影憧憧
汤汤江水映霓虹，
婉婉转转
曲曲小径弯如梦。
静卧古城门，
缭绕着历史的烟云，
飞檐木楼阁，
遗存着骚人的讴歌。
婺江夜游
孤独如丧家之狗，
夜游婺江
静谧似烛光抖擞。
摆脱城市的喧嚣，
在夜的金华
寻觅孤独的韵味，
远离名利的羁绊，
在婺江之夜
玩味寂寞的夜游。
婺江之畔
独自一人
闻婺江涟漪
和着自己孤独的步履，

与夜半凉凉的风。

2009 年元月 10 日于浙江师范大学

观景六首

赏　月

月圆月缺平常事，
风雨如歌任嘘唏。
独品陈酒独赏月，
醉酣时分眼迷离。

观　雨

缠绵细雨江南绿，
小楼品茶独观雨。
檐滴琴韵千年梦，
娉婷身影伞如云。

踏　雪

天青雪白枝压低，
足踏莽原任嬉戏。
红袄绿衣雪景远，
须眉皆白无寒意。

听　潮

梦枕涛声月阑珊，
夜色如酒醉也酣。
潮拍石碎浪如雪，
披衣推窗星独看。

闻　风

雨未敲时风嘶喊，
飘逸长发百树翻。
鸟雀匆匆归巢去，
狂风落叶独凭栏。

吹　箫

人倦心懒独吹箫，
夜半云淡月已高。
殷殷真情无所依，
箫声催醒鸟鸣早。

2008 年 4 月 26 日
于同济大学逸夫楼

游桂林二首

夜桂林

霓虹灯影夜色好，
清波蜿蜒卧长桥。
两江四湖远山暗，
月明星稀乐逍遥。

夜　行

漓江漫步闲适心，
粼粼灯影山水情。
置身美景人不乏，
夜半时分抖擞行。

2010 年 4 月 17 日于桂林

咏三林古镇新八景

水巷夜月

月笼水巷染银色，
涟漪荡梦夜船歌。
谁在拱桥吹紫箫，
星月入迷也不走。

西昌夕照

绚烂晚霞古塔红，
归鸦翻飞苍翠松。
古镇人家晚饭早，
桥头说古有老翁。

南栅秋

金菊香飘南栅秋，
船犁碧波船娘歌。
村姑浣衣河埠头，
谁观秋景立船首。

东林烟雨

迷蒙烟雨东林瘦，
谁撑纸伞立桥头。
万绿丛中一点红，
春燕翻飞见古楼。

桐桥晚风

古镇桐桥卧绿涛，
晚风吹时唱民谣。
放灯祈福满河星，
老街漫步寻三宝。

文阁晴雪

雪霁日出古镇白，
文阁银盔有梅园。
谁观冬景出门早，
一行足迹过石桥。

龙狮春眺

柳丝情长菜花黄，
龙狮闹醒三林塘。
眺春登楼急切望，
黄绿错综是水乡。

高阁晓钟

晨曦迷蒙谁撞钟？
古刹森森有柏松。
木鱼敲碎千年月，
船橹摇动百载梦。

2012年4月15日于三林堂

晨起登岳麓山

天晴起身早，
登山风光好。
绿叶如翡翠，
山花艳且娇。
老人银发飘，
姑娘多窈窕。
天天登岳麓，
百岁还年少。

2011 年 4 月 22 日
于湖南师范大学

行走的愉悦

让烦躁的心
平静于青山丽水中
让奔涌的情
融汇于名胜古迹里
繁华之梦
均是过眼烟云
名利之场
都是钩心斗角
行走的愉悦
让双足丈量人类的文明
游客的欢乐
让双眸摄入绮丽的美景
请大海群峰
开拓我宇宙般的心胸
让日月星辰
绽放我焰火般的生命

2011 年 12 月 10 日
于香港中文大学

行旅六首

登　山

一览众山小的豪情
洋溢千嶂叠翠的天梯
脚踩云海的翻滚
鸟瞰林莽的涛声
征服者的勇敢
才有了巅峰的风云

观　水

千种风韵万般柔情
比不上翡翠般的碧水
徜徉于雾岚升腾的湖水
放逐心灵的负荷与情债
独自于惆怅中仰卧
让小舟自由飘荡而行

行旅之醉

寻找陌生与新鲜
远足的疲惫与苦辛

在古老的小镇小憩
喝一杯啤酒，远眺
让心境放纵于
行旅之醉

行旅之苦

不必抱怨行旅之苦
苦中有乐，乐中有苦
行旅总是难得糊涂
放弃以往的精打细算
一掷千金同归殊途
让浑身沾满行旅的尘土

行旅之恋

欧洲小镇邂逅
酒吧女的笑靥
留下深深的
行旅之恋
忘却了教堂的钟声
消逝了小镇的炊烟
烙入心田的
是那张淳朴的笑脸

行旅之梦

疲倦的行旅之梦
总是错过了班机的焦急与朦胧
总是内急了寻觅的紧迫与骚动
大汗淋漓地醒来
夜枭的鸣叫唤醒了
一弯新月与浮云

2011 年 12 月 10 日于香港中文大学

福州漫步二首

三坊七街

漫长历史慢慢看，
近代中国烙古墙。
世界风云绕梁椽，
严复林纾出小巷。

佛跳墙

小火慢炖味浓香，
千古佳肴佛跳墙。
友朋情深酒杯满，
夜步闽江不思乡。

2011 年 6 月 7 日于福建师范大学

淀山湖夜游

抛弃了烦躁忧愁，
像暮色里翻飞的蝙蝠，
在绿色的静谧中夜游。
蜿蜒小径画出一个问号，
何必烦恼，何必内疚？
人生应该如一曲悠扬的歌。
跌荡浪涛吟唱生命歌谣，
过多纷争，过多追求？
世界应该像一柄静卧的戈。
让湖水流入我的心波，
让夜风吹进我的歌喉，
彼岸升腾起的绚烂焰火，
百花争艳，金箔银柳；
此岸拍击起的浪花涟漪，
礁石卷雪，芦苇摇首。
让我唱一曲婉转的情歌，
记住这东方绿舟的淀山湖夜游。

2011年10月22日于东方绿舟宾馆

清晨，在东方绿舟

不是拯救生命的
　　诺亚方舟
而是放肆呼吸的
　　东方绿舟
清晨的雨后
在开阔的天地里
　　独自走走
红桥绿柳
　　翠鸟残荷
碧水涟漪
　　芦苇抖擞
白云在碧波前梳妆
白鹭在晴空里放歌
当核电站刻出了
　　世界惊恐的面容
当卡扎菲扰乱了
　　地球岁月的平和
独自在清晨的
　　东方绿舟
　　深深地呼吸
　　开怀地放歌……

2011 年 10 月 21 日晨于东方绿舟宾馆

缠绵之雨

快乐生活无忧河，
风风雨雨也是歌。
东方绿舟雨缠绵，
师生真情总绸缪。

2010 年 6 月 28 日下午
于上海东方绿舟

徐州行二首*

谒秦王陵

生时终日为死而烦忧
将巨大的山石
凿垒起死亡的美梦
在白骨与血汗之上
建构起死亡的理想之宫
勾引得盗墓者两眼喷火
在月夜后的风雨中
全力探入墓穴
寻觅生的富贵与骄奢

谒徐州兵马俑馆

因惧怕死后的寂寞
塑就了无比壮观的兵马俑
浩浩荡荡前呼后拥
捍卫着僵卧者的亡灵

---

* 1999 年 6 月应徐州师范大学徐瑞岳教授盛邀，赴徐州与龙泉明一起主持研究生论文答辩，并参观了秦王陵与徐州兵马俑馆，感慨良多，遂凑诗《谒秦王陵》、《谒徐州兵马俑馆》。

这些无灵魂的陶俑
依然使不甘于寂寞的亡灵寂寞
倒使生者在兵马俑前驻足
在遥远历史的沉思中
拂去人生的几许寂寞

1999 年 6 月 12 日于徐州师范大学

望厦山小记
——与会澳门利氏学社有感

望厦聚会日月明，
切磋文学风亦清。
回眸历史凤展翅，
面对现实波览镜？
学社谈文常握手，
沙龙吟诗且拨琴。
赌城小聚三四日，
钟声频敲心更静。

2007 年 12 月 1 日于澳门望厦山

雨夜，在澳门*

穿过夜的雨幕，
我们行走在龙的脊骨，
向往着霓虹的诱惑。
无论是雨湿衣衫，
还是云压心窝，
无论是风吻伞颊，
还是浪拍桥础，
七彩云霞绘出的澳门之夜，
在风风雨雨中频送秋波。
婀娜起舞的喷泉，
如神女妩媚婆娑；
奇幻变动的色彩，
如暧昧眼光的闪烁。
用金钱堆起的赌城呀，
不知是辉煌，
还是罪恶？

2008 年 5 月 6 日于澳门大学

---

* 2008 年 5 月 5 日雨夜与江锡铨、王本朝、黄薇同游澳门新蒲京、老蒲京、永利赌场。

与会踏景三首

访古莲花池

莲花娉婷何处寻？
枯叶秋风萧瑟云。
亭台楼阁乾隆影，
雍正书院遗宏论。

2008 年 10 月 14 日
于保定中国现代文学理事会

雨中游少林寺

秋雨淅沥少林寺，
古刹森森树亦奇。
藏经阁上藏真经，
钟谱堂里塑武艺。
碑丛接踵字斑驳，
塔林摩肩影依稀。
最是雨细嵩山美，
伞花寺塔梦迷离。

2006 年 9 月 27 日
参加河南大学学术会记

冬至南浔

冬至南浔如沐春，
老宅旧桥小巷深。
偷得忙中半日闲，
悠然水乡古镇人。

2009 年 12 月 20 日
于南浔海派文化研究座谈会

绍兴纪行六首

游兰亭

听淅沥秋雨，
轻叩茂林修竹之梦，
观曲项白鹅，
低吟兰亭集序之歌。
鹅池碑旁，
瞻父子遗墨矫若惊龙，
墨华亭里，
思右军文章流芳千古。
御碑亭前，
恨唐太宗茧纸藏昭陵[①]，
小兰亭里，
憎兰亭碑墨宝缺尾首[②]。
流觞亭前，见清溪九曲，
淌不尽流觞赋诗欢声笑语；
右军祠外，闻兰花飘香，
道不完书法圣地怀古续胜。

---

① 唐太宗千方百计获得《兰亭集序》真迹，后作为陪葬埋入昭陵。陆游诗曰："茧纸藏昭陵，千载不复见。"

② "文化大革命"时，兰亭碑被砸成三截，虽经修补，未能复原，"兰"字缺尾，"亭"字缺首。

呵，兰亭，人云，风华自昔称佳地[1]，
呵，兰亭，我说，而今佳地更胜昔。

东湖吟

收拢一伞的烟雨，
让乌蓬船撩动东湖的心波；
放眼满湖的翠色，
将山的奇、湖的绿浸染我的心胸。
陶公洞的绝壁，
回荡着陶成章痛论时事之声[2]；
仙桃洞的石屋，
镌刻着桃三千年一开花之语[3]。
听湫亭听湫心旷神怡，
饮渌亭饮渌唇齿留香。
香积亭的桂花，让一盘圆月驻足不走；
小稽轩的曲廊，令多情诗人徘徊逗留。
欸乃一声山水绿呀，
那岩的峻峭、洞的深幽，
那桥的玲珑、柳的婀娜，
已深深地烙在我的心头。

---

① 御碑亭中碑上有乾隆所题《兰亭即事》诗中“风华自昔称佳地，觞咏于今纪胜名”的诗句。

② 陶成章为晚清绍兴志士，常同章炳麟、徐锡麟等志士一起议论时事，立志推翻清政府的腐败统治，辛亥革命后惨遭杀害。

③ 东湖有仙桃洞，洞中石墙有孔如桃，镌有对联：“洞五百尺不见底，桃三千年一开花。”

敢有歌吟动地乐哟，
那亭的俊秀、水的清幽，
那船的轻盈、人的风流，
都汇成我心底里的一首歌。

大禹陵遐思

伫立大禹陵前，
想忧民救水到大越的大禹，
率民众通山川疏江河；
仰视大禹塑像，
思栉风沐雨治水患的英雄，
为百姓菲饮食胼胝勤。
岣嵝碑上，
鸾飘凤泊颂大禹治水功绩①；
大禹殿顶，
游龙矫凤寓英雄搏斗英姿②。
掬一捧菲饮泉，清冽纯净③，
想大禹菲饮食、恶衣服；

---

① 大禹陵有字形奇特的碑石一块，被称为岣嵝碑，又名禹王碑，所刻碑文与金文相仿。唐代韩愈有诗描绘碑文的形状："科斗拳身薤倒披，鸾飘凤泊拿虎螭。"

② 禹庙大殿屋脊上塑有游龙、凤凰，游龙背插利剑，寓意为与水患作殊死搏斗的古代英雄。

③ 禹陵与禹庙之间的山坡下，有一清泉长年不涸，名"菲饮泉"，因孔子称赞大禹菲饮食、恶衣服、卑宫室而名之。

抚一抚窆石块，状若称锤①，
慕英雄卑官室、亲民众。
费尽心机为自己谋利的，
遗臭万年被后人唾弃；
兢兢业业为人民除患的，
千秋万代被世间赞颂。

越王台思古

府山，你是一条醉卧的长龙，
府山，你是一个迢遥的长梦。
蓬莱阁的身影何处寻？
越王钱镠的歌吟仍缭绕山峦②；
清白堂的清风哪里觅？
范仲淹的岳阳楼记仍在吟咏③。
步入越王殿瞻仰越王的丰姿，
登临越王台寻觅历史的迹痕。
松柏的化石，如两尊俨然兀立的老翁④，
冷漠地观望着世事的变迁、历史的风云；
文种的墓穴，埋一位含冤屈死的志士⑤，

---

① 禹陵中有窆石亭，亭中兀立一块高约两米状若称锤的石块，即窆石，传说为大禹下葬后的镇石，又说为大禹下葬时用过的工具。

② 蓬莱阁为吴越王钱镠所建，现仅存遗址。

③ 清白堂为北宋范仲淹所筑，现仅存遗址。

④ 越王殿前有两块一米多高的化石，据传系域外进贡之物，东首是柏树化石，西首为松树化石，距今已有亿万年。

⑤ 文种为越王勾践管理政事的大夫，勾践灭吴后翌年，勾践赐剑，遂自刎而死。

愤然地思考着宫廷的争斗、疆场的驰骋。
登望海亭哟望不见海，
唯见稽山镜水烟雨蒙蒙；
谒文种墓哟吟不出歌，
却悲功成名就兔死狗烹。
勿忘国耻呀卧薪尝胆，
君子报仇呀十年不晚。
明耻教战呀壮士出征，
可与患难呀难共安乐。
至今，我仍赞范蠡深谙进退存亡之道[1]，
至今，我仍悲文种仰天长叹伏剑自刎。

访鲁迅故居

轻轻地，轻轻地跨进鲁迅故居的黑漆大门，
细细地，细细地寻觅鲁迅当年的身影足迹。
大桂树下，老祖母的故事仍然余音袅袅；
小客堂里，长妈妈的笑声依然爽朗依稀。
美女蛇的传说，
让懵懂少年心惊肉跳；
山海经的图画，
令孩提鲁迅激动不已。
五猖会的期盼，

① 范蠡为越王勾践管理军事的大夫，勾践灭吴后，范蠡写信给文种说：凡物盛极而衰，只有智者了解进退存亡之道，而不超过应有的限度。越王为人，可以共患难，不可以共安乐，你若不走，终有一日要加害于你。范蠡不顾勾践的再三挽留，乘扁舟而去，从此不知去向。文种不听范蠡言，终被害。

让伫立门口的他望眼欲穿；
目连戏的鼓声，
使登上小船的他心驰神怡。
走进厨房里，
好像可以听见他与章运水攀谈的话语；
漫步百草园，
似乎可以看见他同弟弟们玩耍与嬉戏。
祖父被捕的惊恐，
似乎仍回旋在老屋的梁椽间；
父亲临终的喘息，
好像仍起伏在故居的空气里。
人情淡薄呀受尽奚落，
这让少年鲁迅过早地接触了社会；
世态炎凉呀倍遭冷眼，
这使年轻鲁迅深入地体味了人生。
坠入困顿的鲁迅憎恶无诚无爱的乡民，
深深将奚落嘲弄刻入心底；
愤世嫉俗的鲁迅为寻求别样的人们，
毅然告别故土走异路逃异地。
呵，年轻的鲁迅从这里走出，
沉浸在激愤与梦幻中；
呵，伟大的巨匠在这里诞生，
孕育在磨难与苦痛里。
啊，鲁迅，从这里你开始走向了世界；
啊，鲁迅，从这里你开拓了新的世纪……

秋瑾故居抒怀

鉴湖女侠的匕首，
是否依然寒光闪闪？
古轩亭口的悲歌，
是否仍然激越抖擞？
和畅堂堂匾的木纹，
录进了少年秋瑾琅琅书声；
旧书桌桌上的遗墨，
传达出爱国志士反清檄文。
英雄俭朴的卧室，
吟颂着文天祥、辛弃疾的爱国诗句；
志士夹墙的密室，
隐藏过徐锡麟、陶成章的抗清书信。
为复兴中华离夫别子东渡日本，
求国富民强归国返乡武装斗争。
寡不敌众呀，身陷囹圄志不改；
横眉冷对呀，古轩亭前洒碧血。
秋风秋雨愁煞人，
愿将生命作牺牲。
淅沥秋雨哟，轻吟一首安魂曲；
灿烂秋菊哟，纪念碑前祭忠魂。

2001 年 10 月 1 日 2 日于瞻雨斋

作家评点

鲁迅剪影

荒漠风寒独放歌，
寂寞且饮绍兴酒。
冷观旧妇守旧房，
热望新人谈新仇。
敢对同辈动刀斧，
怯向后生亮剑戈。
郁愤长积月亦瘦，
笑靥偶露待醉后。

2006 年 4 月 8 日
于华南师范大学鲁迅年会

鲁迅心态录四首

寂 寞

寂寞冷月乌棚船，
独饮绍酒凭栏杆。
呐喊旷野无人识，
梦醒时分泪已干。

忧 愤

鹰叫长空灯阑珊，
放眼世间长忧患。
雪映腊梅滴血志，
哀怒交融心难安。

彷 徨

荷戟彷徨复彷徨，
枯灯独坐春夜长。
前程依稀蜿蜒路，
杯空月碎箫悠扬。

反　抗

绝望踟躇风雨狂，
黑云压城孤星亮。
野草总揣春风志，
坟头雪融剑如芒。

2006 年 10 月 18 日
于绍兴“鲁迅：跨文化对话”会议闭幕式

关于鲁迅研究跨文化的思考

鲁迅研究跨文化，
东西文明集一家。
西方中心应反省，
儒道传统非锁枷。
文学比较如朝霞，
胡比乱跨破裤衩。
文化研究作仙丹，
捡了芝麻丢西瓜。

2006 年 10 月 17 日于绍兴饭店戏作

记鲁迅三首

母娶媳妇

母娶媳妇云亦暗，
以孝为先灯阑珊。
新婚依旧独往来，
人间最悲是朱安。

兄弟失和

长兄如父孺子牛，
融融举杯绍兴酒。
一朝反目成陌路，
独饮苦杯独自愁。

小白象

黑瘦自诩小白象，
师生恋情因害马。
涓生子君情深处，
繁华世界有人家。

2008 年 6 月 12 日于鲁迅纪念馆

咏鲁杂诗十六首

鲁迅与酒

独上高楼独饮酒，
悲苦强咽泪难流。
荒野耕耘孺子牛，
酒坛空时月如钩。

鲁迅与猫头鹰

月上柳梢一剪影，
俯瞰众生夜半鹰。
撕碎恶徒匕首爪，
冷漠神态赤诚心。

鲁迅与朱安

厚重礼物孝子情，
一生难安是婚姻。
邂逅害马怯怯时，
回眸婚约梦中醒。

鲁迅与药

药铺当铺苦徘徊，
父逝学医心常哀。
一生总揣救世心，
英年早逝悲似海。

鲁迅避难

风声鹤唳仓皇走，
明哲保身满脸愁。
东躲西藏壕堑战，
大难过后且饮酒。

鲁迅与故乡

离乡背井憎故乡，
冷漠月色常独看。
梦中总忆乌篷船，
爱恨交织拍栏杆。

鲁迅与猫

温和媚态公允猫，
夜半性起常哀嚎。
文思遽断掷笔起，
与猫为敌直到老。

鲁迅与社戏

乌篷船头夜看戏，
绍兴大板有戏迷。
京剧鼓响心忐忑，
故土豆香回梦里。

鲁迅与周作人

相煎何急费猜疑，
是钱是色千古迷。
八道湾里风云起，
兄弟友朋同嘘唏。

鲁迅与高长虹

两代文人成情敌，
黑夜吞月有悲泣。
虹架雨后羡慕看，
以沫相濡月伴日。

2009 年 4 月 19 日于陕西师范大学
“鲁迅与五四新文化运动”学术研讨会

鲁迅与林语堂

同仇敌忾反封建，
幽默求索泾渭怀。
敬慕长者谦卑心，
笔为匕首望四海。

鲁迅与许广平

师生之谊夫妻爱，
白象害马信往来。
夜半情浓怯怯时，
一往情深深似海。

鲁迅与郁达夫

忧愤悲苦风格殊，
率真坦诚性情同。
劝阻移家风雨中，
两地月明心相通。

鲁迅与瞿秋白

引为知己风雨中，
联床倾谈袒心胸。
冬夜风寒酒壶暖，

夜半时分笑亦浓。

2009 年 4 月 25 日
于上海师范大学“文学与史学对话”研讨会

鲁迅与梦

长夜漫漫梦太多，
家难国难苦蹉跎。
闰土阿 Q 孔乙己，
梦醒时分月已落。

鲁迅与长妈妈

淳朴善良长妈妈，
忌讳太多小狡诈。
摊手摊脚睡意深，
画册情重难忘她。

2009 年 4 月 26 日于嘉兴日报社

鲁林外史五首*

一

木棉花染羊城红，
聚谈鲁翁起寒风。
京城众儒怒舌战，
南北痴人如入梦。

二

鲁店深锁四五载，
开张先将座椅排。
经理股东相煎急，
众位伙计苦徘徊。

三

群儒纷争为何忙，
运筹帷幄缺锦囊。
突兀表决成会殇，
鲁林外史新一章。

---

* 2006 年 4 月 8 日至 10 日，赴广州华南师范大学参加中国鲁迅研究会年会，感慨颇多，在广州至上海的飞机上，凑诗数首以记之。

四

四月羊城风亦香，
各路英豪慕名往。
双边会谈目眦裂，
众人彷徨复彷徨。

2006 年 4 月 11 日

五

高山仰止说巨匠，
众儒都吃鲁迅饭。
唇枪舌剑沟通少，
势不两立会难安。
京都宏大胸襟大，
羊城繁华心繁杂。
最是有人拂袖去，
呆若木鸡是愚汉。

2006 年 4 月 9 日于华南师范大学

周氏兄弟与自由二首

鲁迅的自由

家庭社会如大山，
绳捆索绑难动弹。
苦痛挣扎独斟酒，
彷徨之中有呐喊。

周作人的自由

走马观花四处看，
野菜绍酒乌篷船。
惊魂丧胆遇刺客，
束手就缚求平安。

2011 年 6 月 6 日
于福建师范大学博士论文答辩

鲁迅写照五首

酒

喜忧参半绍兴酒，
独饮独品月落后。
荷戟苦战总彷徨，
醉卧时分泪暗流。

色

生命总从情色来，
美人永是男性爱。
畸形婚姻成枷锁，
情爱怯怯是悲哀。

财

养家糊口总需财，
千金散尽还复来。
长子如父勤勉苦，
孝悌节俭独悲哀。

气

忍声吞气支那人，
独呼旷野死寂沉。
风雨长路有过客，
蹒跚前行总为梦。

烟

烟雾缭绕似幻梦，
食指焦黄夜半风。
呕心沥血撰奇文，
烟蒂燃尽月沉沦。

2013 年 3 月 23 日
于南京师范大学南山专家楼

现代作家剪影十四首

一

长吁短叹郁达夫，
醇酒妇人假糊涂。
隐逸山林情难释，
愤世嫉俗心如故。

二

幽默闲适林语堂，
东西文化筑桥梁。
憎爱分明宇宙心，
自由自在任翱翔。

三

激情洋溢郭沫若，
观风使舵苦蹉跎。
才气横溢任挥洒，
盖棺论定费斟酌。

四

市民诗人舒舍予，
市井百态任涂抹。
幽默诙谐耐咀嚼，
以死抗争费思索。

五

中庸平和周作人，
品茶饮酒撰美文。
苦住北平千秋罪，
乌篷船里故乡梦。

六

文坛人瑞是巴金，
走出四川描家庭。
真心书写忏悔录，
百岁仍揣人道心。

七

话剧泰斗万家宝，
东西融汇才艺高。
雷雨日出天晴后，
彩虹剧坛永照耀。

八

地摊文人赵树理，
山乡传唱小二黑。
扁担挑出山药蛋，
文坛洋溢乡土气。

九

温婉柔美谢冰心，
海涛拍出山水情。
基督光照博爱志，
一片冰心在玉壶。

十

风流倜傥徐志摩，
康桥河畔踏绿波。
多情总为情所误，
才高常被风云破。

十一

湘西凤凰沈从文，
一生谦称乡下人。
耿直斥责官商气，
多情描画美边城。

十二

洋场圣手张爱玲，
闺房绣阁剖人性。
钱欲冲突人变兽，
金锁记里见风景。

十三

红烛摇曳闻一多，
死水微澜窥风波。
新诗格律探新路，
最后讲演留风骨。

2006 年 9 月 26 日于河南大学

十四

言情大家写章回，
有井之处皆恨水。
春明世家水姻缘，
待漏斋里望星辉。

2008 年 4 月 30 日于安徽师范大学

当代作家剪影二首

读杨朔

茶花荔枝雪浪花，
以诗入文独一家。
风花雪月万般好，
水落石出见云霞。

读秦牧

花城漫步故事多，
艺海拾贝细细说。
纵横捭阖遐思远，
秦时明月牧童歌。

2008 年 4 月 30 日于安徽师范大学

现代作家百年祭四首

诗坛圣者有任钧*

——纪念任钧先生百年诞辰

毕生真情是诗人，
家难国难抒愤懑。
金刚怒目斥敌寇，
宽容谦和育学生。
淡泊名利融天真，
乐观幽默现童贞。
岁月流逝千秋梦，
诗坛圣者有任钧。

2009 年 11 月 27 日于上海图书馆

赞秦瘦鸥先生

——纪念秦瘦鸥先生百年诞辰

瘦弱一鸥勇飞翔，
名闻天下秋海棠。

---

* 任钧先生是一位著名诗人，曾在上海师范大学中国现代文学教研室任教。笔者参加“纪念著名诗人任钧百年诞辰学术座谈会”，即席赋诗，以表纪念与崇敬之意。

爱戏常为戏所迷，
舞文总留文墨香。
有情人生写情种，
无义风云有华章。
岁月尘埃难掩月，
拂去秽土见珠光。

2008 年 6 月 23 日
于嘉定陆俨少艺术院

雨中思情圣
——汪静之诞辰一百周年有感

梧桐秋雨思静之，
友朋相聚情如丝。
率真如同蕙的风，
热情就似湖畔诗。
爱诗一生如爱竹，
憎虐半辈似赤子。
最是晚年为诗忙，
点点滴滴都是诗。

2002 年 10 月 19 日于鲁迅纪念馆

家祭国祭告舍翁
——为纪念老舍诞辰一百周年作

京城冬日春意浓，

友朋相聚乐融融。
老舍故居思绪长，
曲剧茶馆韵味浓。
京戏祥子出新意，
学术研讨西和东。
老舍百年诞辰日，
家祭国祭告舍翁。

1999 年 2 月 5 日
于北京皇冠假日酒店

曹禺剧作四咏

雷　雨

雷惊夜空酿悲剧，
爱恨情仇滂沱雨。
终生忏悔罪孽重，
雪飘发白已无语。

日　出

漫漫长夜盼日出，
纸醉金迷总蹉跎。
真情常为风尘染，
晨曦时分花成土。

原　野

虎落平阳仍是虎，
父债子还崎岖路。
真心真意爱一回，
管他原野有迷途。

北京人

敢说敢为北京人，
曾家旺族阴森森。
忍气吞声苦挣扎，
独对冷月夜深沉。

2010 年 10 月 13 日
于上海文艺会堂曹禺诞辰一百周年学术会

老舍写照四首

报　国

平易勤俭总操劳，
以笔代枪难逍遥。
自省犹如月照影，
报国总似夜枕刀。

诗　圣

平民诗圣人道心，
底层社会写真情。
月牙一弯清冷冷，
胡同深处有温馨。

真　情

平实犹如大碗茶，
幽默深处有惊诧。
历经苦难现真情，
俗中见雅你我他。

投　湖

夜月蹒跚又踯躅，
心如死灰已不哭。
怀揣诗篇难留恋，
长叹声声独投湖。

2012 年 10 月 28 日于漳州宾馆

画境诗意

永远的明亮
——题李斌画《油灯的记忆》

油灯,是昏黄的记忆,
红色,是青春的胴体。
秀发如瀑,
流逝的是黄金岁月;
秀女似玉,
难忘的是风雨如晦。
岁月流逝,
两鬓已灰,
那盏小小的
油灯,
仍然那般明亮,
永远永远亮在心底。

2008 年 5 月 15 日于“青春叙事”画展

蓝月亮

——题王亚卿的画《水中月》

疲倦了,蓝色的月亮,
熟睡了,蓝色的月光。
金黄色的麦堆上,
　　是金黄色的畅想?
湿漉漉的睡梦中,
　　是湿漉漉的故乡?
迷蒙蒙的梦呓中,
　　是迷蒙蒙的爹娘?
脱胎换骨
　　如水中月般迷惘;
龙口夺粮
　　像黑土地般坚强。
梦中的你,仍紧握着镰刀麦秆,
梦中的你,就像那盘蓝色月亮。
生命短暂,理想辉煌,
日月如梭,青春闪光。
四十年后
梦中常常仍然是
那盘湿漉漉熟睡的蓝月亮。

2008 年 5 月 16 日

白桦林情思

——题刘孔喜的画《家信》

风,是白桦林的梦呓,
雪,是白桦树的精灵。
家,是游子的眷恋,
信,是亲情的歌吟。
悄悄地,悄悄地走进我的白桦林,
轻轻地,轻轻地展开沉甸甸家信。
听得见我心的跳动,
看得到慈母的叮咛。
为何泪突然涌出了眼眶?
为何雪瞬间落满了衣襟?
一遍遍捧读这薄薄的家信,
捧着难以掂量重重的亲情,
与我分享这苦与乐的,
唯有这风雪弥漫的
我的白桦林。

2008 年 5 月 16 日

无水之舟

——题王国斌的画《让我们荡起双桨》

记住了颐和园的碧波，
和故宫的绿瓦红墙；
忘不了少先队的歌唱：
——让我们荡起双桨。
将青春放逐到黄土高坡，
做一个孤独的牧羊姑娘。
军装已与黄土一色，
肌肤也渐渐泛黄，
唯一不变的
是这青春的意志与畅想。
让羊儿们去觅食去游荡，
把黄土坡当作小船，
将牧羊鞭当作船桨，
放声高唱吧，
让我们荡起双桨！
看那只高飞的鹰，
看这群迷惘的羊，
都睁大眼睛
怪异地对着我望！

2008 年 5 月 16 日

万金时光

——题刘广海的画《家书》

蓝天、白云、黑土地，
野花、家书、拖拉机，
也许是劳作后的倦怠，
也许是流泪后的小憩。
躺在野草野花上，
放纵你的思绪，
放纵你的身体。
让自己也成为野草野花，
放下了一切迷惘焦虑，
让自己融入这片土地。
人云家书抵万金，
我说抵不了这
黑土地悠久的记忆。

2008 年 5 月 16 日

青春岁月

——题孙兆路的画《年华》

梦中总是这片小树林，
无论是春的鹅黄、夏的碧绿，
还是秋的金黄、冬的雪白，
度过了我青春岁月的地方，
永远是我的梦绕魂萦，
一枝一叶总关情。
金黄是青春的主色，
红色是热血的腾沸，
岁月如梭，
流逝的总是灰色的忧郁，
日落日出，
留下的总是金色的歌吟。
如今，小树早已参天入云，
记忆的年轮
总停留在这片金黄橙红的小树林。

2008 年 5 月 16 日

绚烂年华

——题王旭的画《火烧云》

将世界上最丰富的色彩
描画我心底的火烧云；
把人世间最丰富的感情
描绘我人生的青春梦。
广袤的黑土地呀，
依然如一架古筝；
蜿蜒的马车路呀，
永远是绕梁的音韵。
让那辆小小的马车
走进那绚烂的火烧云，
让我画出绚烂年华
——永远不会失落的梦！

2008 年 5 月 16 日

蒲公英的记忆

——题张仲达的画《远去的记忆》

记不起了
色彩绚烂的花朵世界，
唯一难忘的
是蒲公英雪白的记忆。
在这片卵石层叠的不毛之地，
有生命在顽强生息，
从石缝里挣扎出绿色，
以白絮报告金秋的信息。
处处无家处处家呀，
漂泊至哪里就扎在哪里。
记不起了
那些黑色的煎熬、黑色的哭泣，
忘却了
那些红色的口号、红色的大旗，
永难忘怀的
却是有着顽强生命力的你！
——蒲公英的记忆。

2008 年 5 月 16 日

骏马与少女

——题李向阳的画《东方红》

将白云作为你的被，
将晨曦作为你的衣，
在黑油油的土地上，
你是一匹骏马驰骋如飞，
在朦朦胧胧的梦境里，
你是一位少女娉婷绮丽。
你有明亮的双眸，
你有温柔的呼吸，
当麦浪滚滚黄金般的欣喜，
你也与我们一同雀跃；
当白雪覆盖田野一望无际，
你也同我们一起休息。
我坐过了多少高级轿车，
但是，我仍然觉得
最舒服的还是你
——东方红拖拉机！

2008 年 5 月 16 日

聚焦这一刻

——题赵雁潮的画《1968·我们》

白桦林的风雪，
是否还记得我们？
北大荒的土地，
是否还牵挂我们？
翻回四十年的年历，
回到 1968 年的我们。
激情满腔，混混沌沌，
远赴边疆，满身征尘。
当面对一望无际的你，
当踏着风雪席卷的你，
北大荒呵，
我们惊讶中有着迷惘，
我们无奈中有着真诚，
人生的磨难从此起步，
人生的坎坷从此登程。
聚焦这一刻
——1968 年的我们！

2008 年 5 月 16 日

工地聚会

——题潘蘅生的画《午餐》

品尝过多少山珍海味,
仍然忘不了工地午餐;
经历过多少壮观场景,
仍然忘不了工地聚会。
寒风瑟瑟,红旗猎猎,
大汗淋漓,青春无悔。
几个馒头,一锅菜汤,
就是青春的礼遇;
你一勺,我一口,
个个吃得津津有味。
当清泉在奋斗渠里欢唱,
歌声让我们摆脱了疲惫,
敲起饭盒脸盆载歌载舞,
艰难岁月铸就了我们这一辈!

2008 年 5 月 16 日

季节感怀

咏秋四首

秋　叶

嫣红金黄飘零秋，
云淡天高斟美酒。
梦醒时分月如盘，
独步夜半露湿袖。

秋　雨

一阵秋雨一阵凉，
绍酒轻温蟹壳黄。
菊花泛金仕女艳，
醉里满是酒花香。

秋　月

如盘秋月独自看，
对月漫舞夜发狂。
箫声隐约心绪乱，
情至深处夜阑珊。

秋　云

轻巧秋云白如玉，
百态千姿胜金菊。
拮来万朵絮冬衣，
神州飘雪人独语。

2008 年 10 月 17 日于上海文艺会堂

初夏二首

一

荷绿半塘蛙鸣稠，
柳拂云淡蝶如歌。
谁家女儿换夏装，
飘逸长裙露媚柔。

二

桃花初谢夏骤至，
冬装刚蜕换夏衣。
梧桐夜雨花草盛，
一夜新绿眼迷离。

2009 年 5 月 13 日下午
于上海戏剧学院

初冬随想四首

落　叶

枯黄的梦
亲吻泥土
是繁华后
悲凉的风尘
飘落肩头的
一叶怜悯
向往着来年
的繁盛

夜　猫

夜半瓦屋上
凄切的号叫
是初冬孤寂的诗句
寒风中星光下
蜷缩的身影
是同病相怜的歌女
依偎在风尘中的
自言自语

残　菊

谢了金黄色的灿烂
如被撵出宫廷的帝王
焦黑的噩梦
残败的酒宴
世间没有
永久的辉煌

街　女

徘徊在夜风的街角
窥视着欲望的跳跃
生存的渴求
撕下了自尊的长袍
都市膨胀的欲望
游荡在夜半的野猫

2009 年 11 月 27 日于上海图书馆

春寒四首

雨

雨细风斜满地花，
紫藤花蕾冒短芽。
春来冬懒撵不走，
学思湖畔觅月牙。

柳

苗条身姿飘逸发，
梨花初谢映桃花。
轻弄涟漪戏鸣鸟，
雨滴春瘦弹琵琶。

月

淡云朦胧月笼纱，
风寒花香伴夜蛙。
竹林小径镀银色，
独吹紫箫醒春芽。

花

姹紫嫣红春之家，
芳草绿时觅闲暇。
玉兰焦躁满枝香，
迎春腥黄映桃花。

2010 年 4 月 14 日
于上海师范大学中心会议室

冬　望

冬到水乡不见水，
角直古桥梦里飞。
回眸今年光阴好，
春来小镇伴月睡。

2009 年 12 月 18 日
于角直阳明山花园酒店

雨的吟咏

江南的悲泣，
桥的倒影，
水的涟漪，
朦胧，粉墙黛瓦，
混沌，小巷酒旗，
斜斜的风雨，
斜斜的翅影，
雨敲瓦屋，敲响
千年古梦，
雨落荷塘，落醒
夏日粉荷。
在雨的江南放歌，
半是忧郁，半是欣喜。

2008 年 6 月 28 日于同济大学

柳之魅

鹅黄,嫩绿,墨绿,
春的信使,在燕子的
呢喃声里,
在桃花映衬里美丽,
婀娜妩媚
舞动在春风的呓语中。
离别的凄切
总在柳的倒影前,
依依留别,在江南的
雨雾中迷离。
柳丝雨丝缠绕,
在江南丝竹的古曲中叹息。
如仕女翩翩起舞,
在春梦深沉中
吟诵柳之魅。

2008 年 6 月 28 日于同济大学

咏 雷

是狂喜的鼓点？
是发奋的吼声？
擂破了天穹的一角，
击乱了天池的波纹。
大千世界本不平静，
坍塌的山峦乱石滚滚。
心灵世界总有风云，
千帆竞渡惊雷声声。
倘若天上没有了雷电，
那将是怎样的世界与人生？

2008 年 8 月 13 日于奉贤区图书馆

窗外的风

从窗外吹进的风
冰凉
黄昏的惆怅
如黄昏的太阳
孤寂的蝙蝠
为何而翱翔、轻唱
心底的温暖
是秋天枯叶的哀伤
让圣歌在天穹回荡
摸一朵白云
擦去灰色的悲凉
何处传来管风琴的激荡
生命的歌吟
总是在黄昏中坠入黑夜的
迷惘

2008 年 10 月 11 日
于汉语灵性文学研讨会

树下的雨

长须髯髯的
棕榈树下
秋雨低诉
是秋虫的歌哭
落花的缤纷
是婚床上的赤裸?
拨动一架古筝
让秀发随古曲舞动
棕榈树上的累累伤痕
是成长中痛苦的幸福?
长须上晶莹的露珠
环佩叮咚难得糊涂
掬几滴玉露进壶
半醉中聆听
雨声呢喃与歌舞

2008 年 10 月 11 日
于汉语灵性文学研讨会

晨观残荷

谁扯轻纱笼残荷，
朦朦胧胧
淀中谁在歌？
寂寞晨光鸟鸣唱，
独步柳堤晨光短，
红日露时柳梢逍遥游。
败荷残叶见墨色，
谁家女儿伴智叟？
银发红颜
何人唱情歌？
日月如梭夏冬秋，
情长在
春情亦系千亩残荷。

2008 年 10 月 15 日
于保定荷花淀现代文学理事会

风

你是大地生命的呼吸
微风轻拂雨过云霁
是你静静入眠的鼻息
阵风刮过林莽窸窣
是你睁眼醒来的生机
飓风怒吼惊涛拍岸
是你任性桀骜的脾气
倘若这世界没有了你
将会减少了多少生趣

2000 年 7 月 8 日

日全食

日落日出
一年四季
全不在意
太阳将被吞噬
万民仰望惊奇
白天居然成为
华灯璀璨的夜里
当日光挣扎而出
请将不在意的珍惜珍惜

2009 年 7 月 23 日
于上海外国语大学

咏景二首

夏　荷

粉红雪白
夏日里的清凉与梦幻，
蜻蜓歇脚的地方，
雨后的婀娜与惆怅。

秋　叶

梦醒时的倦懒，
叶落月黄夜风凉，
独踩秋叶彷徨，
歌吟丛林云暗。

2009 年 8 月 24 日
于苏州中新豪生酒店

秋思五首

秋　雨

淅沥秋雨晚风凉，
桂花香时菊花黄。
蛙声闹处人独立，
螃蟹熟后酒酣畅。

秋　霞

绚丽秋霞谁人画？
翻飞蝙蝠有归鸦。
古寺钟声烟霾远，
隐入暮色有残塔。

秋　风

梧桐秋叶满地悲，
秋风飒飒愁成堆。
寒蝉凄切溪水凉，
竹林徘徊蝶翻飞。

秋　水

霞落秋水绚丽秋，
紫箫隐约有人歌。
河埠村妇洗衣忙，
独钓落日有孤舟。

2010 年 9 月 22 日于成都百花园酒店

秋　愁

岁月荏苒又是秋，
难忘牵手在酒后。
腼腆恰如桃花红，
酿成美酒也是愁。

2008 年 9 月 5 日

初秋三首

初　秋

雨送暑热迎初秋，
荷花娉婷有嫩藕。
收拾焦躁品香茗，
夜伴月明轻放歌。

雨　霁

雨脚停时燕翻飞，
谁家小儿学黄鹂？
慵懒新妇出浴后，
闲拨琵琶眼迷离。

耕　耘

田耕笔耕风云生，
不倦老牛嚼星辰。
回首蹒跚生命路，
字字酸辛是文人。

2011 年 8 月 24 日
于昆山太平洋大酒店

会议室壁画境界

峰峦叠嶂云如盖，
鹿饮清泉瀑如练。
山林蓊郁风涛响，
仙境如此歌出怀。

2010 年 4 月 19 日
上海作家协会理事会议
于宝隆花园酒店

初春四首

早 春

柳芽鹅黄早春寒，
鸭戏绿水天碧蓝。
谁家女儿挖野菜，
红衣点点缀河滩。

春 雨

春雷隐隐天色暗，
风拂柳丝发飘岸。
伞如蘑菇红绿开，
清茶一杯拍栏杆。

春 日

玉兰花谢香犹在，
樱花飘零风又来。
溪畔少女有笑颜，
江南春到花如海。

春　夜

料峭长夜箫声长，
谁拨古筝韵悠扬。
月牙一钩星几点，
蘸墨提笔写彷徨。

2013 年 3 月 24 日
于南京师范大学南山专家楼

秋游杭州二首

夜　游

灯影朦胧小径幽，
桂花暗香伴残荷。
印象西湖隔堤望，
情爱传奇风流歌。

晨　望

雾岚迷蒙笼轻纱，
绿掩西湖未见霞。
拱桥远望似描眉，
小舟近闻有清茶。

2013 年 11 月 2 日于杭州华北饭店

思绪驰聘

孤　独

夜半时分
独凭栏
吹一管紫箫
云遮月华
缭绕的是
一泓孤寂的清泉
懒懒地，懒懒地
斟一杯浊酒
瘦瘦地独啜
以几颗残星下酒
轻吟绝句几首
让鬓发
随夜风抖擞
听夜的鼾声如歌
徘徊于蟋蟀之秋
孤独如酒，孤独似歌
寻寻觅觅
在喧闹的白昼之后
缠缠绵绵
在落叶飘零的情投意合

2008 年 8 月 14 日于上海师范大学

救赎之途三首

光*

光，没有了黑暗
也缺失了意义；
黑暗因为有了光，
才显得更加黑暗。
心胸中有了光，
连盲人也有了希望；
生命里没有了光，
世界就陷入黑暗。
让光的风帆
驶进每个人心灵之港。

灯**

一只颤抖的手
擦亮一星微火，
将罩满了尘埃的

---

* 耶稣又对众人说：我是世界的光。跟从我的，就不在黑暗里走，必要得着生命的光。——约翰福音 3:19

** 人的灵是耶和华的灯，鉴察人的心腹。——箴 20:27

一盏盏灯点亮，
逃走了魑魅魍魉，
迎来了生命的希望。
燃自己的血，
将他人的生命点亮，
献自己的爱，
燃烧起熊熊的欲望。

十字架*

一张疼痛得
变了形的脸，
一双展开如
羽翼的臂，
一滴滴不停
滴落的血。
承担了人类苦难
的基督，
在笑声中走向了死亡。
倘若没有
十字架的死亡，
也就没有了
基督的复活；
倘若没有了
十字架的死亡，

* 不背着他的十字架跟从我的，也不配作我的门徒。——太 10:38

基督的救赎
就少了多少魅力与诱惑？

2007年12月于北京

无题三首

一

雨滴芭蕉瘦，
风吹紫荆红。
灯映香江秀，
人立夜如梦。

二

日落鸥归晚，
帆长江波寒。
楼高云压低，
心乱入梦难。

三

家远情思长，
云淡风也香。
月明心更明，
鸟倦入梦乡。

2006 年 11 月 27 日于香港

海景二首

脚　印

深深浅浅
是海滩上的省略号
大大小小
是不同性别的绘描
被海风吹走的
是真情者表白的誓言
被海水洗去的
有偷情者暧昧的嬉闹
海枯石烂
已成现代人的戏言
天长地久
已成及时行乐的嘲笑
真情何在,真爱何在
海滩的脚印
有漫步者人生的思考

贝　壳

清晨赶海者
在海滩拾捡贝壳

雪浪馈赠的礼物
在晨曦下隐约闪耀
捡起一枚七彩海螺
空空的螺壳
有着深沉的思考
斑斓的色彩
是星辰的闪耀
漫步海滩拾几只贝壳
排解人生的几许烦恼

2009 年 9 月 24 日于厦门大学
“中日视野下的鲁迅”国际学术研讨会

晚境写照

——和陆游《钗头凤》之韵

人增寿，常品酒，
淡泊名利独倚柳。
世情薄，勿寻愁，
抛却怨恨几碟美味。
喝喝喝。

莫纵欲，常放歌，
儿女情长乐悠悠。
宠物乖，常登楼，
漫步庭院月上中天。
乐乐乐。

2008 年 6 月 23 日
于嘉定陆俨少艺术院

钗头凤

——拟陆游《钗头凤》

柳丝长，桃花落，
风雨来时燕归窝。
荷花红，暮云薄，
小径徘徊愁满庭院。
暮暮暮。

蝉声闹，舞蝙蝠，
酒酣时分人寂寞。
夜阑珊，钟声落，
举杯邀月开怀长笑。
哭哭哭。

2007 年 7 月 26 日
于朱家角课植园(马家花园)

远　游

如蒲公英的种子
随风飘荡，
如小纸船的身影
随波逐浪，
悬在空中的心
——饥饿的胃
空空荡荡；
飘在山中的雾
——昏花的眼
迷迷茫茫。
渴望，渴望
有一个驿道旁的凉亭，
让疲惫的心
有驻足的地方；
渴望，渴望
有一颗同样迷茫的心，
相互靠拢、相互取暖，
在雾岚漂浮的清晨，
在星光弥漫的暮色，
远游的心
寻找着世界的
一个旮旯，

一个可以休憩
可以温暖的地方……

2008 年 10 月 30 日
于上海市作家协会会议

流　亡

是坠落在激流中的
一片绿叶，
是跟不上群羊的
一头迷羊，
是不愿随波逐流而
不得不逐流，
是不愿离群流亡而
不得不流亡。
绿叶，总企望河岸的休憩；
迷羊，总期盼牧者的呼唤。
休憩河岸的绿叶，
总揣着逐流的迷惘；
回归羊群的迷羊，
总瞪着一双寻找的眸子。
流亡者啊，如一枚盖在
心扉的印章，
总是在寻找，
总是在迷惘。
经过了流亡的生涯，
再也回复不了过去的安宁与歌唱。

2009 年 6 月 14 日于上海大学

无　题

一

月落江如银，
日升鸟振翅，
雪飘古城云如梦。

二

寒冬江雾浓，
河畔人朦胧，
汽笛声声日露红。

三

闲泡绿茶香，
忙温黄酒醇，
人生寻乐总如梦。

四

浙南明珠圆，

婺江火腿香，
金华聚会情谊长。

2009年元月10日
于浙江师范大学

佛家境界二首

静　谧

撞钟数载静如山，
夜半木鱼敲碎岚。
袅袅佛烟绕古柏，
晨曦鸟鸣云似帆。

唱　经

蒲团坐破华发生，
经文唱罢钟磬沉。
斋饭用后数繁星，
山林庙堂尽入梦。

2011 年 6 月 2 日于复旦大学
博士论文答辩

雾　霾

模糊了太阳，
模糊了云彩，
模糊了视野，
模糊了心态。
雾霾，你从哪里来？
如婚纱遮蔽了新娘的美丽；
雾霾，你往哪里去？
架一挂彩虹通往世界未来？
窒息了，窒息了，
高楼的呼吸；
绝望了，绝望了，
渴望自由的心海。

2013 年元月 25 日于南通文峰酒店

山村记忆五首

银　犁

我心里有架银色的犁
常常犁开岁月的云霓
翻涌起多少深埋的记忆
山村的绿竹炊烟
山村的木桥小溪
山村的老樟月影
山村的牧歌短笛
……
呵,山村,大千世界小小的一隅
从这里,我蹒跚地迈开青春的步履
在这里,我咀嚼人世间的忧乐悲喜

山　路

不知何时砌就了这古老的石阶
层层叠叠从小镇盘到村前
年年岁岁挑下草药山货
岁岁年年担上布匹油盐

烂了,多少双草鞋金色的梦

破了，多少副铁肩石样的碾
呵，蜿蜒山路，一条沉重的河流
呵，山路蜿蜒，一支生活的主弦

傍晚从山村飞来一只大雁
告诉我山村早已换了新颜
呵，夜深了，一条金色的山路
在我的梦中弯曲、盘旋……

石　磨

屋檐下墙角里有盘古老的磨
脱落的把——一颗衰老的臼齿
磨浅的纹——一张陈年的唱片
呵，不知录下一首首怎样的歌

蜘蛛在磨盘上架网
猫狗在磨盘下闲卧
呵，我生活过的小山村呀
你不就是一盘古老的磨

吃苦耐劳，石磨的秉性
永不满足，石磨的气魄
磨过多少悲伤，磨过多少欢乐
只要还在转动，她总不停地唱歌

呵，石磨，今天你一定唱着欢歌

唱着愉快的耕耘,唱着喜悦的收获
如果我再回到小小的山村
房东大娘一定笑着推动石磨

山村小学

忘不了红枫树下那栋小屋
门窗破旧,土墙斑驳
水泥砌的黑板,石头垒的凳桌
树桠上缠个铁圈是球架
屋檐下悬段铁轨是钟座

白云常在窗前漫步
夏雨却从屋顶入座
枫叶红了,像一团熊熊烈火
呵,我简陋而可爱的山村小学
在这里,我黄金的岁月并未蹉跎

清晨,迎百鸟放歌在屋后翠绿的竹林
傍晚,送孩子们趟过山前暴涨的小河
在这里,我将一块块朴实的心田浇灌
在这里,我把一片片荒芜的田园开拓
哦,一盏油灯伴我度过那难忘的岁月

梦里乡村

晃动的

总是那盏油灯
蜿蜒的
总是那条山路
缭绕的
总是那曲山歌
朦胧的
总是梦里乡村
竹林掩映着
我的青春
炊烟袅袅着
我的人生
走出乡村数十年
梦里依然是
大山深处
温馨的小小山村

2011 年元月 9 日

乡村风物十八首

蝈　蝈

将夏夜的烦躁
唱成一片宁静
将夜半的思恋
洇作如溪古筝
不倦的歌者
总唱着乡村的真情

蚂　蚱

都说秋后的蚂蚱
蹦跶不了多久
生命就构成了
跳跃的节奏
不管是春还是秋
蹦跶也总是一首歌

蝙　蝠

黑影是暮色里的风景

翩翩起舞惊动古塔风铃
剪碎晚霞迎接夜的叮咛
夜半推窗明月魅影
让梦沉入千年的幽魂

蜻　蜓

将爱的梦想
扇动在荷的花蕾上
蜻蜓点水的潇洒
是梳妆仕女的惆怅
雨前的闷热
唤来众多疯狂的翅膀

青　蛙

此起彼伏的蛙鼓
敲破阵雨激起的水泡
青蛙欢笑的歌声
擎荷叶赤足奔跑的孩童
雨中独自啮草的牛犊

粉　蝶

情深意长双飞蝶
上下舞动艳阳天
窥影涟漪自怜

菜花黄时
似金如雪翩跹

流　萤

提一盏小小明灯
照不亮乡村的小径
谁家儿女扑流萤
划过夏夜温馨流星
伸开掌，小心，轻轻、轻轻
放回大自然的点点光明

知　了

像什么事情都知道
将夏日的酷暑报道
增添旷野的热闹
待稻熟后叶黄秋凉
轻轻收起琴弦的烦躁

蜗　牛

背着屋子慢慢走
有角不是牛
感觉危险且缩头
胜过一统躲小楼
防人之心应常在

害人之心不能有

水　车

是车没有轮,不走
让水翻坡越岭抖擞
吱吱呀呀的歌声
疲惫浸透了月华
消解了喘息庄稼的干渴

磨　盘

一张陈年的老唱片
一圈一圈又一圈
磨的是大娘的青春
磨的是媳妇的容颜
沉重是岁月的酸甜

烟　斗

竹根雕成的旱烟斗
弯弯的背,老汉的忧愁
古铜色,汗水与太阳的歌
装一袋烟,深深吸一口
是人生不堪重负的感受

镰　刀

把新月一弯的欣喜
闪亮在金秋的季节
晨曦与刀光相映
暗了星色,亮了脊背
以汗水将月牙洗涤

草　鞋

以朴素锤就真诚
用金秋编织踏实
日落日出,风狂雨霁
平凡的生命
留下或深或浅的足迹

棒　槌

河埠头棒槌的起起落落
捶响石桥牛儿的长哞
清波中衣衫的花花绿绿
惊动江心觅食的白鹭
腾起村妇思春的歌讴

水　瓢

将藤蔓的旧梦
抛进水缸的涟漪
将熟透的葫芦
分割成家长里短的孤独
饮一瓢清泉
如醉酒对月的糊涂

哭　嫁

出嫁时的歌哭
乡村母女分手的别离
唢呐唱出的是悲是喜?
雀跃追逐的儿童
跌痛了居然放声哭泣

打　场

打场,纷纷扬扬
轻佻的被风吹走
稳重的岁月如歌
天高云淡日出日落
吹不走的
将生命的茧儿织就

2009 年 9 月于香港中文大学

乡村忆旧二首

老　屋

老屋，斑斑驳驳，
在夜月下哆哆嗦嗦。
青春的歌声
早已隐去，
暮年的酒盅
独斟独酌。
土墙上烙下
当年洪水的咆哮，
屋梁上依旧
桐油棺木的梦魇。
老樟掩映的老屋呀，
总是在梦中依稀诉说。

老　牛

静卧在草堆前
反刍
反刍着年轻时的记忆
稀松的牙口
已咀嚼不动年轻的美味

睿智的思维
仍向往着青春的胴体
花红柳绿
在眼前已朦朦胧胧
只盼望独自
静静地闲卧
不为打扰惊动
独自望着月夜晨曦
静静悄悄地永远睡去……

2009 年 6 月 13 日于上海大学

咏物诗六首

笋

顶破了压抑，
是生命的力量，
听月下拔节的歌唱。

桂　花

是满月的金黄，
隐隐约约的芳香，
蝙蝠翻飞的翅膀。

女贞子

以贞洁的身影，
树一尊古老牌坊，
仍有出轨的梦想。

橘　树

秋风吹得金黄，
成熟却成为橘农悲伤，

丰收成灾的迷惘。

麻　将

将闲适的心，
摆弄一桌麻将，
也是战场上的厮杀。

玉　石

有身价的石头，
埋在地底，
永远不能成为王侯。

2008 年 11 月 15 日于南郊宾馆

乡愁三首

一

乡愁,是大雁南飞
  写在蓝天上大大的“人”字
乡愁,是品茗绿茶
  写在眉眼前袅袅的香气
乡愁,是皎洁月夜
  写在落叶上熟悉的诗行
乡愁,是蒙蒙细雨
  写在屋檐下的风铃
乡愁,是梦,是歌
乡愁,是悲,是喜
乡愁,是烙在心帆上
  抹不去的眷恋
乡愁,是刻在骨髓中
  揩不去久远的情谊

二

是孩提时
  童谣的婉转

是少年时
　牛铃的叮咚
是奶奶皱纹的微笑
是爷爷旱烟的袅袅
是放学路上
　的杂草野花
是闲暇之中
　小河里的嬉戏
是邻居嫁女
　的唢呐喜泣
是新春时节
　鞭炮的撞击
高楼叠起
　街道拓宽
乡愁,已找不到
　过往依稀的记忆

2009 年 9 月 5 日
于香港中文大学祖尧堂

三

是梦中
故乡清泉的涟漪,
是歌中
孩提吟唱的童谣。
两鬓染霜

不改的是乡音；
步履蹒跚
不变的是乡心。
独自望月，
望见的总是
故乡阿妹的身影；
众人畅饮，
酒醉中总是
爷爷牵牛的剪影。
乡愁是柳丝中的细雨
剪不断理还乱；
乡愁是晨曦中的炊烟
袅袅缠绕、婉转升腾……

2009 年 6 月 13 日于上海大学

人生戏谑

不大与不小

——戏赠何锡章兄

个子不大,胆子不小;
胃口不大,肉欲不小;
酒量不大,气量不小;
肚子不大,肚量不小;
眼睛不大,眼光不小;
嘴巴不大,嗓门不小;
脸面不大,色胆不小;
饭量不大,烟瘾不小;
文坛不大,名气不小;
学校不大,脾气不小;
鞋子不大,步子不小;
脑袋不大,野心不小。

2007 年元月 11 日于澳门

读书与洗脚*

——致昌勇部长

世人都说读书好，
部长却羞谈洗脚。
翻开鲁迅日记看，
常记读书与洗脚。

2008年6月12日下午
于鲁迅纪念馆

---

* 在虹口区政府举行的“鲁迅与文化创新座谈会”上，黄昌勇部长谈到现在街上都是洗脚屋、却少书店。拟几句戏言。

跳进漓江洗不清

美酒美景醉人心，
窈窕淑女更动情。
何时抱得美人归，
跳进漓江洗不清。

2010 年 4 月 18 日于桂林

颠覆与狂欢

胡传魁与阿庆嫂
在大水缸里寻欢，
孙悟空与白骨精
在水帘洞中作乐，
南霸天将吴琼花
牵进洞房纳为小妾，
白毛女乔装打扮
对黄世仁献媚调笑，
法海和尚满脸淫笑
将白蛇青蛇玩弄于股掌，
沉香将已救出的母亲
再度活埋进山底，
愚公在移走山的路口
设起了收费处的栅栏。
……
颠覆，颠覆，
一切正的将其翻转，
狂欢，狂欢，
化美为丑的世纪狂欢。
世人的眼光，
都盯住了肚脐以下；
淫荡的笑声，

宣泄着现代人郁积的欲望。

2005 年 4 月 9 日于芜湖会议戏作

欲　望

一

是火山的喷涌
炽热的岩浆，
是温泉汩汩
地热的欢畅。
扭曲的是情，
喘息的是汗。
即使是天陷地塌，
也抑制不住心底的欲望。

二

吻过每一寸肌肤，
让每一个毛孔膨胀，
抚弄每一缕毛发，
使每一根神经舒畅。
游走于巅峰溪谷，
放纵于山崖池塘，
是两块顽石的碰撞，
是一对山峦的激荡，
当大地也停止了喘息，

酝酿着另一场火山的歌唱。

2006 年 6 月 26 日赴圣彼得堡途中

辑名诗二首

海湾晨曦即景*

海波开垒陈丹晨，
金海波光辜也平。
春树存光叶千章，
培松应果吴定宇。

2001 年 11 月 2 日
于福州巴金学术会议

绿原景象**

胡风化铁顾征南，
绿原罗飞彭燕郊，
牛汉耿庸贾植芳，
朱健孙钿何满子？
冀汸鲁煤欧阳庄。

2002 年 10 月 14 日于苏州胡风会议

---

* 集巴金研究者之名，戏凑短诗一首。

** 参加第二届胡风学术研讨会，诸多白发苍苍老胡风分子出席大会，辑出席大会的 14 位名字，凑成一诗，以表达深深的敬意。

秋叶文心

——参加北美华人移民文学讨论会有感

秋叶红时文心暖，
聚会纽约华语长。
回首移民迢迢路，
前瞻文学融融肠。
施种施雨又施情，
瑞云瑞林且瑞阳。
最是一颗文学心，
移根异域梦回乡。

2005 年 10 月 29 日下午
拟于纽约皇后区图书馆

莫言的眼与言

莫言不言，
下自成蹊。
莫言放言，
天塌地陷。
莫言闭眼，
混沌一片。
莫言睁眼，
红绿相间。
莫言开颜，
生命无限。
莫言放眼，
欲望无边。

2010 年 7 月 11 日
于复旦大学莫言创作研讨会

新生代剪影

倔强的身体
有千万双眼，
惊恐地观望，
疲惫的精神
张开千万张嘴，
贪婪地吮吸，
将人与人的关系看穿
——利益与利益的交换；
将地球的汁液吸干
——永难填满的欲望。

2008 年 10 月 30 日
于上海作家协会会议

吃名人

文化搭起台，
纷纷吃名人。
扯起一杆旗，
学者都是兵。
领导来挂帅，
诸事都顺心。
打出旅游牌，
山川有名声。
年年都有会，
大家吃名人。
酒酣话语多，
言语便愤愤。
工作秘书做，
别人当主任。
报告学人撰，
领导上新闻。
上下夸名人，
天天有矛盾。
多撑一杆旗，
多种不安稳。
岁月已流逝，
名人难安身。

社会求和谐，
文化须经营。
政府印名片，
名人有效应。
今年祭此公，
明年悼某人。
坐上主席台，
排位颇费神。
说起官场话，
听众皆入梦。
扬起名人旗，
哪个会感恩？

2008 年 4 月 30 日
于安徽师范大学

领导技巧

秘书三年熬，
而今当领导。
小车有人开，
别人写报告。
上班握握手，
记者来拍照。
每天笑几笑，
天天都见报。
以前腰背弯，
现今眼界高。
过去绞脑汁，
现在嘴冒泡。
走进办公室，
别人都弯腰。
众星来拱月，
感觉特别好。
唯有上司来，
点头又哈腰。
工作第一条，
上级伺候好：
公子想出国，
立刻备支票。

夫人要听戏，
立马找名角。
舍命陪领导，
饮酒又泡澡。
上司找小姐，
看门当安保。
上面舒服了，
官运无烦恼。
为民做公仆，
一套又一套。
好话多说说，
雷大雨点小。
上智与下愚，
万年难变掉。
下台老干部，
过年访一遭。
虚心听教诲，
出门就抛掉。
秘书找丑女，
不吃窝边草。
记者莫得罪，
见面发红包。
出门去潇洒，
自己开车跑。
独自干些啥，
车夫不知道。
家庭要稳固，

外面红旗飘。
树立新形象，
舆论很重要。
若想出国游，
考察找目标。
官场如战场，
领导有技巧。

2008 年 4 月 30 日
于安徽师范大学

闻曹万生醉酒

牢骚太盛有美酒，
借酒浇愁泪横流。
压抑多深怒碎杯，
悲从中来已无歌。

2010 年 9 月 23 日下午
于成都百花园酒店

流泪的树

生命有许多辛苦
让每一片树叶
承接阳光雨露
让每一根枝干
抵抗风雪歌哭
在夜半的月下
你默默地流泪
在孤寂的晨曦
你悄悄地抽泣
你,流泪的树
从辛苦中感受
生命过程的孤独
你,流泪的树
从泪光中体悟
人生历程的幸福

2010 年 6 月 3 日
于上海师范大学文苑楼
参与钱文亮的研究生论文答辩

石家庄打油诗三首

李星夜奔

月黑风高星光稀，
明星召唤步履急。
星光灿烂染腥气，
壮士一去归心迷。

会长声明

会长推荐很大气，
羊哭猪笑太稀奇。
作家容貌难恭维，
春光满目君独立。

宝亮醉酒

开怀畅饮男子汉，
感谢政府杯中干。
庄主稳坐石家庄，
收获时节快乐喊。

2013 年元月 6 日于河北师范大学

莫言死了？

获得诺奖，
欢欣鼓舞。
中国文学，
走出歧途。
有位记者，
十分辛苦。
寻访高密，
不亦乐乎。
拍照撰文，
雀跃欢呼。
照片题款，
莫言故居。
作家未逝，
如此称呼？
莫言获奖，
一命呜呼？
如此记者，
难得糊涂？

2012年10月13日

莫言莫言

莫言获奖，
山河开颜。
领导致贺，
媒体焦点。
莫言故里，
游客踏遍。
文集重印，
方兴未艾。
各种研讨，
纷至沓来。
莫言领奖，
全国关怀。
穿何服装，
肺腑之言。
谈论莫言，
喧哗一片。
莫言手迹，
一字万元。
领导讲话，
必说莫言。
获得诺奖，
国家威严。

街头巷尾，
也说莫言。
丰乳肥臀，
喜笑开颜。
如此商机，
赚钱赚钱。
万亩高粱，
勿管赔钱。
勘探风水，
黄土踏遍。
众声喧哗，
一片莫言。
文学文学，
饭后消遣。
话语疲劳，
莫言莫言。

2012 年 12 月 9 日
于武汉“现当代中国文学史书写的
反思与重构”国际高端学术论坛

贾平凹印象

废都土门高老庄，
古炉带灯怀念狼。
浮躁白夜吼秦腔，
商州老生写乡党。

2014 年 12 月 6 日
于复旦大学《老生》研讨会

情爱永远

生日项链

——致喻大翔

总是情的牵念
是一泓无边的大海
总是爱的凝聚
是一座高耸的山脉
虽然是一根钻石项链
将香港的街道走遍
啃一只干瘪的面包
却涌动着爱意缠绵
两鬓虽已斑白
情却千年万年

2009 年 9 月 6 日于香港

风　铃

总是真诚的叮咛
将清风的关心
拨动情的音韵
总是雨雪的担心
潮涨波涌，云暗心惊
听归鸦声里的叮呤叮呤

2009 年 9 月 7 日于香港大巴上

致爱妻*

一

当你的鬓角悄悄长出
第一根白发，
这虽然是告别青春的信息，
这虽然是迈入老年的步履，
当你的眉角暗暗生出
第一丝皱纹，
这虽然是人生烦恼的纠缠，
这虽然是生活磨折的记忆。
但是，你在我的眼中
永远是这样美丽，
但是，你在我的心中
永远充满着魅力。
在我的人生中
有了你，是我的幸运，
在我的生命中
有了你，是我的奇迹。

---

* 1993 年 12 月 23 日，我与芳萍成婚，已走过二十五年了。二十五年来我们相濡以沫、心心相印，从青年走向中年，并渐渐迈向老年，生命印证了我们的爱情。撰此诗祝芳萍爱妻生日快乐，永远年轻。

坎坎坷坷的人生，
有了你，变得充满情趣；
跌跌撞撞的生命，
有了你，变得充满生机。
你是阴霾中的阳光，
你是小雨后的彩虹，
有了你，我的人生才有了生气，
有了你，我的生命才有了意义。

二

海边的礁石千疮百孔，
经历过岁月的磨难，
却依然在晨曦暮色中屹立；
山中的春笋节节拔高，
顶破了土石的压抑，
才沐浴在朝霞夕阳中碧绿。
回望携手走过的人生轨迹，
梳理并肩写下的点点滴滴，
爱成为我们人生风帆的印痕，
情成为我们生活河流的记忆。
虽然，我们也会有磕磕碰碰，
虽然，我们也会有磨磨蹭蹭，
经历过海水的磕碰
才有礁石的屹立，
经过了土石的磨蹭，
才有春笋的旖旎。

让海鸥去向太阳献媚，
让乔木去向风暴折腰，
我却愿做一尊丑陋的礁石，
执著地守候着我们的爱；
我却愿做一枝倔强的春笋，
执拗地诉说着我们的情。
无论春潮澎湃，
无论冬雪纷飞，
无论日落黄昏，
无论日出晨曦，
我们永远不会分离，
我们永远总在一起。

2007 年 11 月 19 日芳萍生日

生日今晚是最爱

——参加中文系八四级2班同学会有感

离别匆匆二十载，
聚会举杯多感慨。
玉树临风如昨日，
繁花似锦在今天。
记忆犹新校园梦，
思念常萦梧桐怀。
最是师生情谊真，
生日今晚是最爱。

2008年6月23日

学思湖畔的送别

老师：
学思湖不绝的涟漪，
是我们不绝的思念；
湖畔的依依垂柳，
是我们依依的留恋。
白玉兰开了，荷花香了，
年年送别，一年又一年，
梨花白了，石榴红了，
学思湖畔的送别又在眼前。

学生男：
我徘徊在花红柳绿的校园，
漫步在学思湖的小路上，
书写着离别的眷恋。
离别母校，惆怅开始蔓延；
告别老师，思绪开始飞远。
一千多个难忘的日子呀，
一页页都如在眼前；
多少次日落月圆，
多少叮咛回响耳边。
思念，在离别的时刻萌芽；
回忆，珍藏着洁白的心愿。

学生女：
学思湖畔的柳枝依旧碧绿，
学思湖里的睡莲依旧开放。
五月的校园一切如旧，
五月的我们激情荡漾。
离别的钟声已经敲响，
默默地，我们背上行囊，
挥手告别，敬爱的老师；
握手道别，亲密的同窗。
母校的年华，
从此凝结成永恒的歌唱。

辅导员甲：
曾经柔弱的小鸟，
已长成坚硬的翅膀。
是海燕就要搏击风浪，
是雄鹰就要长空翱翔。

辅导员乙：
岁月是永不回头的小船，
离别的歌声让人感伤。
师生的情谊如碧波荡漾，
离别时刻，让我们荡起双桨。

教师：
记忆，是将该遗忘的遗忘，

眷恋,是将该珍藏的珍藏。
迎接,是迎接初春的翠绿,
送别,是送别深秋的金黄。
学思湖畔的送别呀,
是期盼着明天的太阳!

师生合:
很多事,注定不会遗忘;
很多情,注定永远珍藏;
记住学思湖的涟漪,
珍藏学思湖的阳光。

学生男:
曾记否,烈日下的军训,
军歌唱红了朝霞,
汗水洗白了太阳,
疲惫了我们青春的躯体,
锤炼了我们意志的刚强。

学生女:
曾记否,学思湖畔的课堂,
聆听着老师的谆谆教诲,
如小草滋润着雨露、阳光。
绽开了那白玉兰初春的花苞,
成熟了那桂花树金秋的芳香。

学生男：
曾记否，
当我登上实习的讲台，
面对那么多年轻的脸庞，
我的脸上写满了忐忑慌张。
望着老师您鼓励的眼光，
我人生的第一课开讲。

学生女：
曾记否，
当我患病不能起床，
老师就如同我的爹娘，
将我送进医院紧张匆忙，
还天天来医院探望，
给我送来那么可口的鸡汤。

辅导员甲：
鲜花在风雨后开放，
小树在校园里成长。
曾经的幼稚、调皮和惆怅，
现在是一株株茁壮的白杨。

辅导员乙：
曾经的恨铁不成钢，
已成为我们的希望；
曾经的谴责、批评和悲伤，
现在是收获季节的桃李芬芳。

教师：
回首是为了未来的希望，
送别是为了明天的太阳。
青春是生命的翱翔，
成熟就孕育着辉煌。

学生合：
花儿总忘不了雨露，
小草总忘不了阳光，
离别校园时分的眷恋，
点点滴滴都涌现在我们的心上。

辅导员甲：
你们曾说，
错过的都是过去的夕阳，
面对的总是明天的朝阳。
走出校园，你们是祖国的栋梁，
回到母校，你们歌声更加爽朗。

辅导员乙：
你们曾说，
生活之路总有坎坷与彷徨，
只要有坚定的信念和坚强。
祝福你们以青春拥抱着理想，
祝愿你们用未来寄予着辉煌。

老师：

送别以后必然是团聚，
迷惘以后一定是希望。
踏踏实实兢兢业业，
你们是早晨八九点钟的太阳；
充满自信不畏艰难，
有了喜讯请与我们一同分享。

辅导员合：

走出校园的你们，
去迎接明天的风雨和太阳；
走向未来的你们，
去创造属于青春的理想与辉煌！

学生合：

离别，在学思湖畔，
一句句的叮咛，
如白玉兰花那样芳香；
一声声的期望，
像学思湖水碧波荡漾。
走出校园，我们会常回家看看，
告别老师，祝愿老师事业发达、身体健康！

师生合：

送别，在学思湖畔，
没有惆怅没有悲伤，

让我们一起等待明天冉冉升起
的一轮朝阳；
送别，在学思湖畔，
只有信赖只有希望，
让我们一起为未来的辉煌
而同声高唱！

2008 年 5 月 19 日
与研究生朱叶蓉合作

爱的印痕

爱是烘云托月的奉献，
爱是心心相印的思念。
当一滴雨滴入心海，
漾起的波纹却永远永远；
当一阵风吹红秋叶，
拨动的琴韵却染红心田。
爱是风雨如磐苦尽甘来，
爱是相濡以沫一针一线。
挂在口头爱的誓言，
常常是情感出轨的遮掩；
烙在心上爱的印痕，
永远是真情拥有的依恋。
将虚伪的花儿抛入大海，
让真诚的情爱镌刻心弦。
爱的印痕风风雨雨
永不改变；
爱的印痕深刻万仞
松柏千年。

2008 年 5 月 6 日于澳门大学

情爱三首

吻

不是蜻蜓点水
的温文尔雅
是两军对垒
的搏斗厮杀
是蛇信的赤色吞吐
是藤蔓的褐色绞杀
愿四肢化为一条柔舌
愿躯体变作一张嘴巴
直到几乎窒息
也不将这深吻放下

拥　抱

是两株绿树
的相互缠绕
是融为一体
的两重海涛
急促频率的呼吸
相同节奏的心跳
无论是风雨雷电

不管是山呼海啸
是天地之间
惊心动魄的
拥抱

宣　泄

是郁积情热的奔突
是凝聚欲望的鼓舞
金戈铁马
是暴风骤雨的喘息
水落石出
是你来我往的倾诉
风驰电掣
是山峦起伏的疾驰
腾云驾雾
是澎湃巨浪的抚摩
天塌地裂
宣泄的是原始的眷恋
无所畏惧
疲惫中是身心的满足

2009 年 9 月 25 日于厦门大学

恋二首

初　恋

是鹅黄色柳芽
的萌动
是粉红色花蕾
的摇曳
你手中的狗尾草
也是华丽的牡丹
你眸中的月牙儿
也是初升的太阳

情　书

打开信封
打开千年尘封的宝库
展开信笺
展开青春荡漾的心湖
细细琢磨
玉石的纹理情感的涟漪
慢慢推敲
谁擎鼓锤敲动我的心鼓

2012 年 12 月 9 日于武汉弘毅大酒店

情歌五首

放牛郎

妹在河滩洗衣忙，
哥是山麓放牛郎。
河濯妹脚最多情，
哥唱山歌心彷徨。

约　会

约会约在日落后，
月上中天柳梢头。
望眼欲穿山道口，
等妹等到白了头。

握　手

檐下躲雨一握手，
心中冷暖几春秋。
昨日妹嫁大山后，
今日哥悲风中吼。

情　书

情书写在白沙滩，
画上妹妹和情郎。
最是无情东流水，
冲走情书秋风寒。

对　歌

月圆时节放歌喉，
哥哥妹妹来对歌。
妹如牡丹鲜艳开，
哥似长河歌连歌。

2012 年 7 月 20 日于上海鲁迅纪念馆
“汪静之先生诞辰一百一十周年纪念座谈会”

情人节随感

月圆月缺平常事，
钟爱一生相识迟。
磕磕碰碰人生味，
今生后世情恋痴。

2013 年情人节

好男人

——拟梁晓声《好女人》

我早知道你是多么爱我，
可你不会表白我对你是多么重要，
除了离别时刻你轻轻的拥抱，
我在这里要向世界宣告，
好男人，是你生命中的骄傲。

一个好女人通过一个好男人走向美丽，
有了好男人，女人的美丽才值得炫耀；
有了好男人，女人的精神才有了依靠。

好男人是女人坚实的依靠，
无论男人的肩膀是否宽厚，
风雨来了，你快回家，
暮色浓了，你快归巢，
别去管外面的闲言碎语，
别去理别人的挑逗嬉闹，
靠在好男人的身上，
做一只依人的小鸟。

好男人大多不太善于表白，
不会花言巧语，不会媚眼频抛，

最多是一个亲吻，最多是一个拥抱，
他内心永远不忘相濡以沫白头到老。

好男人心中也常有苦恼，
人与人的争斗，国与国的争吵，
紧锁的眉心，踏入家门前的一刻，
就变成了淡淡的微笑；
心中的眼泪，举起酒杯的时分，
化作了醉酒后荒野上的长嚎。

好男人也爱花花草草，
见了美丽他也总喜欢回头瞧瞧，
在人生的应酬中他免不了
与昭君放歌，与西施舞蹈，
其实他的心里总觉得还是你好。

好男人使女人保持青春永远美丽，
虽然他并没有给你昂贵的首饰、华丽的羽毛，
但他知道你的打扮你的衣着，
都是为了向世人宣告，
好家庭，是你人生的港湾，
好男人，是你生命的依靠。

好男人使人沉稳，让人逍遥，
这个世界大概是这样的：
女人很无奈，女人很焦躁，女人很辛苦，女人很无聊，
因为这个世界的好男人越来越少。

而好男人更冷静，好男人更沉着，好男人更睿智，好男人更巧妙，
好男人支撑着女人，才能够将“人”的大字写好，
于是女人就像一个真正的女人美丽妖娆。

2013 年 8 月 31 日晨于内蒙古大学

贺怡欣苏毅新婚

怡然自得沐春风，
欣欣向荣花缤纷。
苏堤景色无限美，
毅然携手情爱真。
新人新婚有缘分，
婚后共筑爱情城。
快意生活事业旺，
乐在夫妻伴一生。

2014 年 12 月 12 日
于上海交通大学

友朋酬唱

师生父子情

冬阳上海南，
孤芳别自赏。
师生父子情，
好人永平安。

2009 年元旦

附

师恩似水长

陈卫炉

寥落上海南，
孤芳孤寂赏。
每逢佳节时，
师恩似水长。

2009 年元旦

初　阳*

初阳冉冉绘蒹葭，
风如细笋弄琵琶。
不读楚调嬉春枕，
英雄楚王亦恋花。

2010 年 1 月 2 日于上海师大

附

无　题

喻大翔

夜雪迷漫塑蒹葭，
风吹梦籽到天涯。
君读楚调托春枕，
慧眼犹开一瓣花。

楚人喻大翔草于同济大学
2010 年 1 月 1 日

---

* 元旦刚过，早晨打开邮箱，见大翔寄来的诗，吟咏片刻，依其原韵戏作一首。

月光与梦境

——给尹玲

将记忆中的月光
　　剪裁成一领小袄
总是西贡的惊恐与苗条
　　将长夜里的梦境
拼凑成一幅图画
　　大多是巴黎的浪漫与铁塔
西贡的月色下
　　已经亮起了麦当劳的霓虹灯
巴黎的梦境里
　　依然是地铁的节奏、咖啡的香味
往事不堪回首
　　又总是频频回首
生活中不能没酒
　　也不能总是独饮独斟
记忆中的月光
　　已成为一条绕不出的小巷
梦醒后的早晨
　　总是冉冉升起的一轮骄阳

2002年8月10日读尹玲《特定药剂》有感而作

附

特定药剂

尹　玲

我搭上我曾自 1979 至 1985
（其实啊也于 1986 至今 2002 年不知多少时刻）
无数次搭过的地铁
在 Opera 上车开往 Baland 方向
又于 Concorde 换车
同样从头至尾走那长得讨厌的走道
再搭上往 La Defense V 下车
我在地铁玻璃窗的映照中
清楚地看见老去的容颜和丰满的躯体
已完完全全替代二十世纪八〇年代
恣意娇俏的脸庞和标准奔放的身材

即使已搭过上万次的地铁在梦中一如在现实里
也只不过是未曾停过的漂流溪河
我让自己疲惫在
　　无法固定无法安定无法确定
　　无法肯定无法坚定的永久漂流状态
唯一可以决定的只是
　　这一次漂流之后的哪一日
　　又是再漂流的启程时表
我让漂流在我不断孤独移徙时
　　能将千种异乡百般他国于飘忽中
　　化作我误以为的故乡或旧居

曾于前生或今世或后数代
可能作为稍长或暂待或不留之处
让漂流成为啃啮青春啃啮岁月啃啮生命
啃啮心境啃啮灵魂的
最佳特定药剂

2002年7月写于巴黎

与会宁波有感

——赠袁少杰先生

十年阔别一嘘唏，
宁波相聚仍历历。
奉化同谒巴人墓，
普陀齐沐海涛雨。
文海耘耕笔更健，
教坛执鞭鬓已稀。
最是秋风秋雨时，
山长水远总牵思。

2001 年 10 月 10 日
于宁波巴人一百周年诞辰学术研讨会

附

甬港逢剑龙志感

袁少杰

十年悠忽别剑龙，
喜逢甬港水流东。
海浪繁星赏君歌，
来融枕月听涛声。
舞采俊逸前尘影，

霞蔚云蒸见才情。
善怀义重连天价，
企踵翘首待文虹。

2001 年 10 月 10 日

于甬港纪念巴人一百周年学术讨论会之际

和吴欢章先生十六首

读鲁迅

拳拳忧国忧民心，
飞蛾扑火为光明。
月冷酒香斗室小，
风雨旷野有歌声。

读周作人

人的文学擎旗手，
啜酒品茶独自吟。
苦住北平人常叹，
千秋功罪已有评。

读冰心

大海明月伴涛音，
爱融春水与繁星。
满船爱心致读者，
永为文坛一明灯。

读郁达夫

卑己自牧为国忧，
沉沦寒夜满腹愁。
醇酒妇人真情在，
自叙传中有风流。

读徐志摩

漂泊诗坛为自由，
康桥绿波有歌讴。
回眸故国湿双眼，
魂飘天宇作云游。

读闻一多

魂吟诗坛红烛歌，
悲愤死水染沉疴。
以笔作戈拓心路，
铮铮铁骨载史册。

读叶圣陶

文言小说文才呈，
平民文学是精魂。
文坛育苗人称道，
平朴诙谐是真诚。

读巴金

激流勇进辞旧家，
异国钟声伴生涯。
青春激荡忏悔录，
真情浇灌文苑花。

读老舍

平民诗人描京华，
京派文学是大家。
撰成民族心灵史，
幽默盛开艺苑花。

读曹禺

剧坛泰斗写家族，
雷雨原野有日出。
剖露人鬼旧世界，
风雨过后有醍醐。

读戴望舒

独撑纸伞雨巷游，
风雨如晦独自愁。
烽火燃时刀戈起，
以血题壁有新讴。

读茅盾

乌镇上海不夜天，
腥风血雨受熬煎。
蚀后子夜如椽笔，
都市乡镇写流年。

读柔石

小桥柔石故乡秋，
青春历经几多愁。
典妻悲剧血泪诉，
英勇就义泪长流。

读殷夫

血染乾坤青春醒，
背叛家族奔光明。
别了哥哥斗士血，
百年诗坛留鼓声。

读艾青

鸭生鸡蛋有新声，
爱生沃土情深沉。
火把燃烧漫漫夜，
大雾弥天见明星。

读沈从文

行伍湘黔历风尘，
边城楼阁人性寻。
京城潦倒难入梦，
白塔清流绘小城。

2008 年 4 月 20 日
于海上新声丛书研讨会

贺风则江大讲堂百期*

名流汇聚风则江，
廊桥卧波添辉煌。
回眸三载百期时，
鲁迅故里写华章。

2008 年 11 月 13 日
于绍兴咸亨大酒店

* 2008 年 11 月 13 日，应邀赴绍兴文理学院参加风则江大讲堂百期纪念会。收到王建华短信词一首，拟诗两首和之。

贺大讲堂三载纪念

三载烟雨
嫩苗儿长成树
勤耕耘浇灌雨露
桃红柳绿
春光无意留步
风风雨雨
总是把心系住
不管花落无数
且看明朝口碑传布

2008 年 11 月 13 日
于绍兴咸亨大酒店

附

祝贺大讲堂三周年*

王建华

八方来风
则淳千水汇流为江

---

* 风则江是绍兴环城河的东南段，从绍兴文理学院校园穿过。河上廊桥是绍兴著名地标，上有"风淳"、"正则"两块匾额。2005 年 10 月，绍兴文理学院设立"风则江大讲堂"，王建华首讲，至 2008 年 10 月已达百讲。

枝繁叶茂三春秋
大气满城
百讲领悟文化堂奥
放飞激情梦想
破浪扬帆远航时
当忆廊桥风光

呈郑愁予先生*

关风塞月大漠寒，
耳闻驼铃侠客胆。
秋叶飘零诗情涌，
心系天涯墨不干。
予风予雨予磐石，
好诗好情铸文山。

2006年11月24日于香港中文大学联合书院

附

和杨剑龙先生

郑愁予

御风入居宫庑寒，
杜宇声歇见赤胆。
剑挂杨枝诗思涌，
人在江湖酒不干。
龙子龙孙龙磐石，
多愚多忍移大山。

---

* 聆听郑愁予先生的报告，谈及命名，“一个引人遐想的名字”，觉得郑先生的名字也引人遐想，拆解郑先生的大名戏作小诗一首，以纪念“世界华文旅游文学国际学术讨论会”的召开。

和吴欢章《心灵风景》六首

灯

油灯的芯
用黑暗的绳
搓成
让夜半的梦
有了希望的影

花和笑

是成熟后的欢笑
仍记得豆蔻年华
的窈窕
笑
是心领神会的
绽放
仍难忘苦痛的煎熬
夜半聆听昙花绽开
的尖叫

车　窗

一幅幅流动的画
长河落日
古塔归鸦
小站喘息
别离男女
将亲吻拥抱
绘上了绚丽的
晚霞

情

是用岁月酿的酒
是以奉献谱的歌
是永远放不下的牵挂
是永远绽开的心花

故　人

茫茫人海中的邂逅
惊讶的陌生
历经风尘
不变的是
睿智温和的眼神

月　圆

月圆时分
不一定就圆满
月牙弯弯
不一定照九州
梦见的总是圆月
人生总会有残缺

2010 年 10 月 19 日
于上海鲁迅纪念馆

和吴美筠

世博绚烂起秋风，
柔弱美筠难共融。
嗟叹精彩不胜冷，
强身健体如蛟龙。

附

无题

吴美筠

中国馆内仰唐风，
全球一家识共融。
自叹渡河不胜冷，
良药周张谢剑龙。

2010年11月3日

再游从化在梦中

——和大翔诗《泡从化温泉有感》

腊梅伴桔远山松，
凉热温泉乐重重。
放纵心境难得笑，
再游从化在梦中。

2011年12月12日于广州

附

泡从化温泉有感

喻大翔

半山蜜桔半山松，
百池温泉影重重。
鱼戏双脚开怀笑，
从来大化在心中。

2011年12月12日于广州从化温泉

和曹旭先生诗四首

上山下乡

老翁学步亦不迟，
常吟青春少年诗。
白驹过隙成病马，
难忘心底情人词。

山　寺

烦躁都会觅寂寥，
月下小桥吹紫箫。
佛祖在胸不进寺，
以诗下酒醉今朝。

春　居

心乱如麻诗难成，
情至深处洒泪痕。
抛却名利裙下客，
月下再会旧情人。

客　寮

满腹惆怅留客寮，
踏月听溪伴芭蕉。
清词一阕惊中国，
童颜鹤发抱小乔。

2011 年 12 月 10 日于暨南大学

附

丁亥杂诗

曹　旭

上山下乡

学剑吹箫恨已迟，
壁上敢题骇客诗。
“文革”西风皆病马，
少年红泪湿青词。

山　寺

索居离群久寂寥，
小楼闲依一支箫。
京都夜半南禅寺，
雨打芭蕉是六朝。

春　居

文词郁郁诗难成，
雨洗春衫旧酒痕。
负尽狂名花下客，
一帘风絮酒诗人。

客　寮

书卷经年抛客寮，
山窗听雨黯芭蕉。
何时仗剑还中国，
重过江东娶小乔。

海客异国迎龙岁*
——除夕和思和兄小诗

古城除夕游苍穹，
故乡辞岁焰火浓？
海客异国迎龙岁，
仍问沪上雪飘冬？

附

庞贝迎龙岁
陈思和

庞贝无声问苍穹，
火山犹见绛云浓。
地中海客迎龙岁，
牵手听涛过暖冬。

2012 年 1 月 22 日

---

* 思和、秀春伉俪：古城迎新，境界悠然。祝安康幸福，龙年吉祥！现沪上小雪纷飞，为除夕增添了年味。以思和小诗之韵，戏和打油。

端木蕻良百年诞辰研讨会有感

——和王充闾

端木矗立傲荒芜，
文海驰骋心仍孤。
草原绘描有上品，
红楼诠释展新图。
情爱传奇如梦幻，
行吟大地弃旧庐。
故居墓陵魂何在，
月出松涛梦有无？

2012 年 9 月 25 日
于昌图东晟大酒店

附

悼念端木蕻良先生

王充闾

太息西风扫碧芜，
文星陨落水天孤。
书传芹圃留精品，
笔绘科旗展壮图。

立雪情真成梦幻，
识荆缘尽对空庐。
九泉应有吟魂在，
知我灵前一恸无？

于端木百年诞辰

雨夜聚会赣州

夏夜抵赣风雨猛，
师生聚会感情真。
陈酒味醇往事美，
新歌韵清段子浑。
酒杯频举话语多，
佳肴猛添下箸深。
惊愕同窗酒醉倒，
夜半梦醒风雨沉。

2011年5月22日抵达赣州
参加全国革命历史文化题材文学
创作研讨会，与众学生聚会。
作于5月23日

附

兰义久和诗*

四年培育一世恩，
数载未逢情未更。

---

* 同窗江宗新聚会，乐也融融。欣读恩师大作，草赋以和，聊表心情。

前窗夏雨沥沥浅，
后屋薄醇杯杯深。
环顾白发映红娘，
举桌笑语炒香醇。
夜半风雨惊好梦，
试问可遇卷帘人？

2011 年 5 月 23 日

秋　望

——和李商隐《霜月》

秋叶金黄难觅蝉，
菊花香时高远天。
晨暮衣单常怯冷，
对月独斟望婵娟。

2008 年 10 月 16 日
于复旦大学光华楼 101 室，
见墙上李商隐诗作而和

附

霜　月

李商隐

初闻征雁已无蝉，
百尺楼高水接天。
青女素娥俱耐冷，
月中霜里斗婵娟。

又到重阳不见秋

——和曹革成《癸巳重阳致友》

重阳时节桂花晚，
我问苍天何时秋。
银发晚景自描画，
友朋情重是同俦。

2013 年重阳节

附

癸巳重阳致友

曹革成

重阳岁岁登高晚，
人道天凉好个秋。
美酒葡萄旧诗画，
遥遥致意各贤俦。

见闻随感

灾难中的感动五首

一、最后的留言*

母爱，是无垠的大海，
匍匐跪地宽广的胸怀，
将死的危难给了自己，
把生的希望给了婴孩。
毫发未伤安静的孩子呀，
还不知道母亲已离开了人间；
裹着被子熟睡的婴儿呀，
还不懂得什么是憎什么是爱。
母亲最后的留言，
是最辉煌爱的宣言：
如果你能活着，
一定要记住我的爱。
在生与死的面前，
我们深深地了解了
什么才是伟大无私的母爱！

2008 年 5 月 18 日

---

* 房屋垮塌，一位母亲双膝跪地以匍匐的身体庇护了她的婴儿，红底黄花的小被子包裹着熟睡孩子，里面的手机上有一条短信："亲爱的宝贝，如果你能活着，一定要记住我爱你。"

二、废墟里的阅读*

你有一个澄澈如水
的名字，
你有一种坚定如石
的意志，
地震掩埋了一切，
黑夜吞噬了秘密；
坍塌挤压了空间，
生命濒临着窒息。
黑漆漆
你，轻轻地打开手电，
如一轮太阳在山岙里升起；
茫茫然
你，默默地翻阅书本，
像小鸟展翅俯瞰着大地。
又冷又饿
如卖火柴的小女孩孤苦无依；
又怕又惧
像遇狠毒的老巫婆魄丢魂飞。
废墟中的女孩呀，
默默地，没有哭泣，
废墟中的阅读呀，

---

* 蓥华镇中学初一学生邓清清被救出时，还在废墟里打着手电筒看书。她说："下面一片漆黑，我怕。我又冷又饿，只能靠看书缓解心中的害怕！"

是一个激动人心的千古传奇!

2008 年 5 月 19 日

三、生命之乳*

她还不知道什么叫死亡,
她含着母亲丰满冰凉的乳房,
如畅饮着渊远流长的黄河长江;
她还不知道什么是悲伤,
只有在饥饿时她才哭啼叫嚷,
是雏鸟总眷恋着母亲温暖胸膛。
一息尚存的母亲,
以其最后的体力拉起衣裳,
濒临死亡的大爱,
以其沉重的手臂亮出乳房。
吸吮乳汁的女儿,
有了生的希望;
渐渐离世的母亲,
成了一尊雕塑一样,
生命之乳,将伟大写在了废墟之上。

2008 年 5 月 19 日

---

* 5 月 13 日下午,都江堰河边一处坍塌的民宅中,一名蜷缩在废墟中的年轻妈妈已停止了呼吸,她怀里的一个三四个月大的女婴依然惬意地含着母亲的乳头,红扑扑的小脸与母亲粘满灰尘的双乳形成了鲜明的对比。

四、废墟上的队礼*

你刚刚停止了哭泣，
你的脸上还布满了血迹，
你经受了埋在瓦砾中的惊恐，
你忍受过漫漫长夜的渴与饥。
这个无比沉重的灾难，
竟然压在你小小的年纪；
这个无比悲惨的悲剧，
竟然面对着天真的你！
给你带来阳光的，
是迷彩服的绿色；
给你第二次生命的，
是这不分昼夜的挖掘，
只要听到还有心跳与呼吸，
他们就会竭尽全力，
只要还有一丝生命的信息，
他们就永不会止息。
当你被放到了担架上时，
惊恐未定的你，
居然给拯救者们行了
一个标准的队礼！
这只小小的手，

---

* 一个刚从地震废墟中被救出的孩子，在被送去医院的担架上向解放军敬了一个队礼。

这小小的队礼，
不仅表达了获救者的谢意，
而且是民族伟大的记忆！

2008 年 5 月 20 日

五、撑天巨臂*

这是一双怎样的巨臂，
如天柱撑起塌落的天。
这如一对雄鹰的巨翅，
为雏儿抵抗风雨危险。
你知道躲避可获得生的机会，
你却宁愿用自己坚实的脊背，
建构起大写无私的爱！
你知道课桌下是避难的空间，
你却宁愿用自己张开的双臂，
描绘出千秋无悔的爱！
大难来临，
你仓促将学生塞进课桌下；
山崩地裂，
你如一座石碑顶住了灾害！
当妻子擦拭你的遗体，
当家长瞻仰你的容颜，
看到旷野中张开的双臂，

---

* 德阳市东汽中学的教导主任谭千秋临死时，双臂张开执著地趴在课桌上，课桌下的四个学生得到了拯救。

顶住了即将坠落的天！

2008 年 5 月 20 日

废　墟

废墟里
伸出一只稚嫩的手，
没有哭泣，没有吆喝，
如干涸的田野里
离开水的一条鱼，
——生命的渴求。

废墟下
睁开一双乌黑的眼，
没有眼泪，没有欢乐，
如猎手的笼子里
禁锢的一只鹰，
——生存的悲歌。

废墟上
飘动一件破碎的衣，
没有庄严，没有风流，
如恶战后阵地上
风中的一面旗，
——哀悼的凄吼。

大自然酿成的悲剧，

已成为一曲动人心魄的歌。

2008年5月30日于复旦大学

舟曲追悼日三首

母子情深*

天崩地裂,
哪里还有家?
房屋倒塌,
哪里找爸妈?
巨大的梁木
困住了妈妈,压住了他,
疼痛难忍,昏昏沉沉,
饥渴万分,呻吟沙哑。
来了绿色的子弟兵,
来了总理和蔼的老人家。
欣喜的孩子说:
“总理,您放心。我能挺住。”
孝顺的孩子说:
“老师,先救我妈妈!”
乖巧的孩子说:
“妈妈您别着急,大家都在想办法。”

---

* 母子俩被压在大梁木下,十四岁的被困男孩张新建对营救他们的解放军战士说:“老师,先救我妈妈。”他对前来察看的温家宝总理说:“总理,您放心。我能挺住。”被救出后母亲活了,儿子却离开了人世,他说的最后一句话是:“我想回家。”

热泪在官兵们的眼眶里涌动，
哽咽是温总理感动的回答。
将“坚强”写在稚气的脸上，
将“爱”写在死亡威胁的废墟下！
孩子，养育了你的是妈妈，
你要将生的希望先给她！
子弟兵们救活了妈妈，
孩子却留下最后的话：
“我想回家，我想回家！”
母子情深成为人间佳话。

生态的梦想*

这几张薄薄的纸片，
却有着千钧的重量，
这是一个逝去女孩的呼喊，
这是一个有回声的生态梦想：
保护环境，保护地球，
就是保护生灵繁衍生息的梦想；
保护环境，保护地球，
这是一个四年级女孩的梦想！

---

* 兰州防化团二营战士在废墟中找到写在格子纸上的作文《我有一个梦想》，这是月圆村城关一小四年级一班失踪的学生姚倩的，作文写道，“我希望每一个人能够拥有保护环境的意识，我们只有一个地球，千千万万的生灵依靠她繁衍生息，请大家保护环境……”“我的梦想就是将来能够成为一名环保工作人员，为治理环境作贡献，希望我的梦想能够实现，在不久的将来我们的生活充满阳光，开满鲜花”。

或许她面对的就是满目沧桑，
或许她窗台前就是缺少阳光，
否则，她不会这样梦想，
否则，她不会这般呐喊！
她被埋在这深深的泥石流下，
她被夺去了美丽的生态梦想，
难道只有等到灾难过后，
难道只有等到生灵涂炭，
我们才记起：
曾经有个女孩
有着这样美丽而真实的梦想；
曾经有个女孩
希望生活开满鲜花充满阳光！

最后的梳洗*

这是一双粗壮的大手，
或者播过种，
或者放过牛，
现在颤巍巍
给八岁的女儿梳头。
这是一双慈爱的大手，
或者种过麦，

---

* 救援人员将遇难的八岁女孩韩璇从五米多深的淤泥中挖出，父亲用清水将女儿清洗干净后，为女儿最后一次编辫子，他的家被泥石流冲毁，父母、妻子、女儿、弟妹等九人遇难或失踪。

或者拉过车，
现在哭泣泣
给八岁的女儿梳头。
亲人被掩埋，
房子被冲走，
家破人亡、妻离子散，
都是这可恨的泥石流！
聪明可爱的女儿呀，
现在却满身泥浆，
活蹦乱跳的女儿呀，
现在却月残如钩。
让爸爸亲亲你冰冷的脸蛋，
让爸爸洗净你身上的污垢，
轻轻地，轻轻地，
将你的头发梳洗，
轻轻地，轻轻地，
将你的辫子编就。
泣不成声呀，泪水横流，
顿足捶胸呀，频频回首，
我诅咒，诅咒这可恨的，
可恨的泥石流……

2010 年 8 月 15 日舟曲地震哀悼日

祈祷雅安平安

雅安不安，
山川动荡。
巨石滚落，
村落沦丧。
道路阻断，
风雨如磐。
点亮蜡烛，
面向雅安。
祈祷平安，
雅安平安！
山水平安，
百姓平安！
中国平安，
世界平安！
平安，平安！
平安，平安！

2013 年 4 月 22 日

古曲流传

——赞章红艳弹奏《十面埋伏》

纤纤十指
拨动了金戈铁马，
几根丝弦
弹奏出拼搏厮杀，
重兵埋伏黑云压城，
浴血奋战疆场叱咤。

弱女子俯仰之间，
血肉横飞惊心动魄；
古乐曲弹拨千年，
兵器相交撞击铠甲。
将军功成万骨枯，
幽幽精魂伴月牙。

一颦一笑
回眸楚汉相争，
一拨一捻
再现战场刹那。
自古人类善争斗，
英雄杀人总如麻。
古曲流传千年婉转，
历史光影耐人品咂。

2008 年 10 月 21 日
于杭州观赏演奏而作

回眸高考三十载

——观话剧《一九七七》有感

回眸高考三十载，
白桦林里情和爱。
野芒无野书生气，
吕凉不凉热诚在。
青春有悔云已碎，
岁月无痕风亦哀。
走回历史泪迷离，
舞台魅力深似海。

2009年10月12日
于上海话剧艺术中心座谈会

风动，那夜

——读施玮的《那夜，风动》有感

那夜，风在呜咽，
那夜，月在呻吟，
死亡的记忆
敲碎了孩提的梦，
撞肿了心灵的门。
生命的颤栗
牵动了思想的神。
那夜，风动云行，
今夜，风动月明，
流逝的岁月
流逝不了的噩梦，
今夜的风动
动摇不了的渴望，
在见证生命中
苛求上帝的关爱，
在死亡的噩梦里
仰望高远的苍穹……

2007 年 10 月 25 日于洛杉矶

我与奶奶

我在屋檐下
与奶奶一起
数着檐角滴下的雨滴
问奶奶,妈妈打工的
城市是否也在下雨

我在槐树下
听奶奶讲述
白雪公主的浪漫故事
问奶奶,何时我也能
穿上公主美丽的长裙

我在荧屏前
坐在奶奶的膝盖上
看青蛙王子给公主一吻
问奶奶,何时妈妈
会回家抱我吻我

2007 年 6 月 3 日上午
于儿童文学博士答辩会

一个爱美的孩子

他是一个爱美的孩子，
精心梳理他的秀发，
常常对着明亮的镜子，
用那把小的梳子。

他是一个爱美的孩子，
细致修饰他的脸庞，
常常对着明亮的镜子，
将香水洒上颈子。

他是一个爱美的孩子，
却常常不洗他的脖子，
黑黑的一圈，
如套着一个黝黑的圈子。

他是一个爱美的孩子，
却总不整理他的屋子，
桌上乱摊着书本，
地上都是废纸。

他是一个爱美的孩子，
上课却总不动脑子，

这里画画，那里涂涂，
家庭作业总没记上本子。

他是一个爱美的孩子，
其实美并不仅仅是形式，
只有表里如一，
才真正是美的孩子。

自题照片

长堤锁浦江，
巨轮江中唱。
逆流长江去，
起锚汽笛长。
廿年家乡水，
一朝奔他乡。
何须苦思索，
男儿志四方。

1979 年

金牛贺岁

晨曦的朝阳
为耕耘的牛儿
描满身金色
那一声长哞
是新春时分
真诚的祝贺
冬雪飘过
是春的姹紫嫣红
风雨过后
总是艳阳下的
精神抖擞
扬起了鞭儿
让金牛拉一挂小车
将健康、幸福与欢乐
拉往您家的庭院
和您丰盈的心头

2009 年元月 20 日

咏贤文化

人杰地灵是家园，
励学敦行有遗篇。
敬奉贤人崇道德，
见贤思齐望前贤。
天人合一求和谐，
德才兼备为奉献。
放眼绿野风俗淳，
礼仪之邦在奉贤。

2009 年 4 月 7 日于奉贤图书馆

完达山青松

——赞老红军黄振荣

你是一株苍翠的青松，
巍然屹立傲视苍穹；
你是一曲北国的史诗，
披荆斩棘拓荒先锋。
你曾四渡赤水转战南北，
身经百战长征路上屡立战功；
你曾挺身而出掩护群众，
面对日寇大义凛然千古英雄！
开发北大荒，
雪原上留下你第一行足迹；
向荒原要粮，
拖拉机惊动了土豹与黑熊。
开荒播种，将北大荒建成粮仓；
开山筑路，让完达山架起彩虹。
“要让大家有饭吃！”
这是“大跃进”时代的真言！
“社会主义是算出来的！”
这是对于知识分子的尊重！
戎马生涯功勋卓著，
征服荒原立业建功！
风云变幻，老红军被押上高台；

乾坤颠倒,老场长竟魂归噩梦!
你走了,没有花圈,没有挽联,
只有月光照着你被冻掉九个指甲的脚踵,
你活着,功绩永存,千秋恢弘,
老红军黄振荣,完达山永远的不老松!

2012 年 6 月 21 日

稻花香里见情缘*

——赞北大荒水稻之父徐一戎

你，天生就是一粒稻种，
在北大荒扎根分蘖稻香绵延；
你，人生就是一种奉献，
播种的欢乐、丰收的夙愿。
白发苍苍，你依然忙碌地头；
步履蹒跚，你依然汗洒田间。
高寒地种稻，历经千辛万苦，
六十载试验，平均亩产上千。
坎坷磨难，一生毫无怨言，
攻克难关，小圈套着大圈。
稻医华佗，故乡人口口相传，
财神热线，北大荒历历心间。
一生勤勉，遍尝苦辣与酸甜，
两袖清风，半是农民半是仙。
生活俭朴，播撒科技火种，
终身积蓄，奖掖科研人才。
晚年复婚，与前妻破镜重圆；
老骥伏枥，和水稻终生结缘。

---

* 该诗中的诗句“遍尝苦辣与酸甜”、“半是农民半是仙”、“还将老骨还稻田”、“播个秋天，长个春天”引自徐一戎的诗歌。

还将老骨还稻田，
稻花香里见情缘，
播个秋天，长个春天……

2012 年 6 月 21 日

索伦河畔的野百合

——赞白衣天使孙文珍

你,有着西子湖的清秀,
你,有着北大荒的纯真。
你身穿白衣挎着药箱,
沐过多少雨雪风云?
如同索伦河畔的野百合,
平凡朴实幽香阵阵。
你跋山涉水风雨兼程,
迎接多少生命的降生?
如同索伦河畔的野百合,
积雪初融大地迎春。
多少个除夕夜家家团聚,
你夜以继日为产妇接生;
多少次新生儿濒临窒息,
你口对口吸痰挽救了生命。
你病了,晚期癌症,
瘦弱不堪疼痛难忍,
你却仍然牵挂着孕妇。
花谢了,玉树临风,
临终的遗言西湖震惊:
让我回到梦牵魂绕的北大荒,
我是北大荒的女儿孙文珍!

如今,你安卧在索伦河畔,
生命已逝,精神永存;
如今,你长眠在南山脚下,
看漫山遍野的野百合开得正盛……

2012 年 6 月 20 日

贺上海知青博物馆试运行

山乡明月知青梦，
海湾园里写青春。
往事历历激情描，
一代风流传后人。

2011 年 9 月 11 日
于奉贤海湾园

痛苦人生痛苦书

——读《生命记忆》有感

青春逝去常唏嘘，
生命记忆血泪叙。
青山何处埋忠魂，
长河涟漪现风雨。
沉重历史沉重写，
痛苦人生痛苦书。
真情铸成纪念碑，
梦醒时分已无语。

2014 年 8 月 9 日
于《生命记忆》座谈会

敬奉长者

祝　寿

——为石先生六十大寿所作

桂黄菊香莫悲秋，
擎杯小贺石公寿。
耿直生涯育桃李，
清贫岁月养老幼。
前门不见蜀主客，
后园且栽陶潜柳。
莫道秋凉多寂寞，
月下轻吟糊涂歌。

1998 年于石汝祥生日聚会

你就是青春

——给黄曼君先生

当您吟起情诗之时
每一个细胞都溢出了
青春的气息
在您的眉飞色舞中
雨后的牡丹、芍药竞相怒放
如试衣镜前淑女绽开的笑靥
当您迈起轻松的舞步之时
每一根神经都跃动着
欢愉的笑声
在蓝天的七色彩虹上走去
拥着美丽的舞伴
走向伊甸园般的仙境
呵,您曾经告诉过我
五十岁时您才开窍
才想到追慕美与青春
那么,减去五十
您就是一位充满着青春气息的
翩翩少年
呵,青春就是您
呵,您就是青春!

2002 年 4 月 21 日于新加坡国立大学

敬贺陈鸣树先生七十华诞

钟灵毓秀是姑苏，
负笈津门苦攻读。
评说鲁迅传内外，
谈论方法震京沪①。
任劳任怨桃李育，
浓描淡写丹青涂。
不吟落叶哀蝉赋②，
常诵大风曾鸣树③。

2000 年 10 月 20 日晚

① 陈鸣树先生著有《文艺学方法概论》。

② 陈鸣树先生刻有“落叶哀蝉”闲章一枚。

③ 借用刘邦《大风歌》功成名就豪气之意。

敬贺黄曼君先生七十寿辰*

黄鹤楼头鹤安在，
化为君魂七十载。
吟诗可媲郭老神，
撰文能承沙汀脉。
放歌激越长江去，
弄舞潇洒仙鹤来。
桃李满园共祝寿，
青春永驻常开怀。

2005 年 5 月 15 日于瞻雨斋

---

* 欣闻华中师范大学举办“黄曼君先生七十寿辰暨执教五十周年学术研讨会”，黄先生是我十分钦佩的前辈学者，其精警的见识与率真的个性为学界所公认，他为中国现代文学的研究与学科的发展作出了令人瞩目的成就与贡献。作为后辈学子，我本当前往祝贺，因会议期间身在香港，不能前往，特撰诗一首表达敬意和祝贺。

敬贺贾植芳先生九十华诞*

桂子飘香菊花黄，
恭敬擎杯贺华诞。
含辛茹苦鲁迅骨，
嫉恶如仇胡风胆。
文坛低吟人生赋，
译海放眼天地宽。
最是狱里狱外身，
铮铮铁骨堪模范。

2004 年 10 月 11 日

* 2004 年 10 月 15 日，复旦大学举行“庆祝贾植芳先生九十华诞学术交流会”，是日吾将登机赴韩国参加国际会议，不能抽身与会，甚感遗憾，特撰此诗表达敬贺之意。

诗品人品皆楷模*

——为纪念胡守仁先生百年诞辰而作

富水禾水出吉安①，
一生苦辛为诗忙②。
执教乐山山巍峨③，
治学赣江江浩荡④。
叙论诗选见真知⑤，
拜山劫后有华章⑥。
修身堪媲陶渊明⑦，
治国心仪杜韩黄⑧。

2008 年 1 月 7 日于瞻雨斋

---

* 母校为著名学者胡守仁先生举办百年诞辰纪念会，受邀参加盛会，受宠若惊不胜感慨。求学江西师大时，曾聆听胡先生授课，胡先生声若洪钟激情洋溢，纵横捭阖睿智渊博，至今历历在目回荡耳际。胡先生为诗为文功力非凡，为师为人实为楷模。纪念胡先生百岁诞辰，不揣浅陋，拟小诗一首，以表敬意。

① 胡先生出生于江西吉安，其故乡有富水、禾水两条河。

② 胡先生一生研究古诗、创作古诗。

③ 胡先生于 20 世纪 40 年代曾在武汉大学任教，时该校因战争迁至四川乐山。

④ 胡先生于 1948 年回江西南昌国立中正大学（今江西师范大学）任教，直至晚年。

⑤ 胡先生有学术著作《韩愈叙论》、《韩孟诗选》和《江西诗派作品选》三部。

⑥ 胡先生有诗作《劫后集》及《拜山》等。

⑦ 胡先生洁身自好，生活俭朴如陶渊明。

⑧ 胡先生平生最为服膺的是忧国忧民的杜甫、韩愈、黄庭坚等。

致骆寒超先生

骆驼影斜大漠长，
寒山寺里暮钟响。
超然物外诗言志，
好卧西湖观船娘。

2005 年 6 月 11 日于广州

致吉鹏先生

激情洋溢王吉鹏，
鲁学艺苑勤耘耕。
纵横捭阖细梳理，
松柏常青月如梦。

2006年10月18日上午
于绍兴聆听吉鹏先生激情洋溢的发言后所作

致吴福辉先生

吴语婉转童年风，
福临京城学界松。
辉映纸窗月光下，
好品绿茶写旧梦。

2006 年 10 月 16 日于大连至绍兴途中

呈邓牛顿先生二首

一*

登临鹳山富春江，
耳枕涛声入梦乡。
牛蹲山麓田园绿①，
顿悟诗情出富阳。

2006年12月8日于富阳南国大酒店

二**

浏阳河边榔梨牛②，
学海耘耕勤作舟。
寻美求诗诚为本，
说趣觅真生命歌。

2007年6月26日
于上海鲁迅纪念馆

---

* 2006年12月6日至8日，在浙江富阳参加郁达夫诞辰一百一十周年国际学术研讨会，与邓牛顿先生相聚，漫步富阳街头、富春江畔，谈论郁达夫的成就，其乐无穷，乐而忘归。邓先生嘱吾为其撰诗，特凑小诗一首以记之。

① 南国大酒店门口有一巨型牛雕塑，半坐半蹲。

** 读《我从浏阳河边走来》

② 邓牛顿的家乡为湖南省长沙县榔梨镇。

致骆明先生

——读《杂说》有感*

东南文坛一骆驼，
驰骋世华有杂说。
新苗青翠勤浇灌，
古木新绿苦蹉跎。
五洲放眼牢骚少，
四海交往墨客多。
人情练达文章好，
青春心境新加坡。

2006 年 12 月 6 日于富阳南国大酒店

* 在富阳会议上，骆明先生赠送其著作《杂说》。

致潘颂德先生

采珠诗海田鹭飞，
雄峙论坛一页美。
两人一心十四载，
太平盛世总有你。

2006 年 12 月 8 日
于富阳南国大酒店

呈顾国柱先生*

富阳聚首山水绿，
梦枕涛声伴呼噜。
坦诚相待如兄长，
烟雨朦胧常思汝。

2006年12月8日
于富阳南国大酒店

* 2006年12月6日至8日，参加研讨会，与顾国柱先生同居一室，凑小诗以记之。

呈盲诗人李忠利*

《白发》《鸟语》《近和远》，
《有梦人生》《老照片》。
《月下独酌》《松下吟》，
《入乡随俗》《重阳》《烟》。
《异想天开》《天晓得》，
《活出自己》《绿》《水仙》。

2006 年 12 月 19 日
于文新大厦 43 层

---

* 读《新诗中国风》，赞李忠利先生行吟在雅与俗之间，辑诗集中的诗名，凑成小诗一首，仿其六行体新绝句。

致梁燕城博士

谁家梁前燕，
怀揣世界心。
回眸故园土，
殷殷中国情。
更新文化城，
弘扬基督神。
古国苍茫望，
冷眼见深情。

2007 年 10 月 26 日于洛杉矶

富仁遛狗写照

揣孤寂之心
遛狗，
人不如狗精神抖擞。
狗总走前，
人常走后，
不知是狗遛人，
还是人遛狗？
置身青山绿水的汕头，
为何还眉头常皱？

2007 年 12 月 7 日于汕头大学
见王富仁先生遛狗而作

戏致温伟耀先生

温和慈爱春风沐，
伟大皆从平凡出。
耀眼光辉普世照，
好用真心拜基督。

2007 年 12 月 16 日于北京

致高利克教授

——在以文会友学术研讨会上

为月光照成银色
的华发，
绣成了独秀的发生史[①]；
以太阳辉映金色
的额头，
树起了中西文学关系的里程碑[②]。
深邃的眼眸
睿智深刻的思想史探究[③]；
含笑的双唇
咀嚼回味着新旧约精髓[④]。
文学构成了您生命的泉水，
学术架起了您人生的追求。
您已成为文学天宇里
一颗璀璨的星辰，
您已成为学术世界中
一座巍峨的山峰。
青春永驻，乐在其中。

2008 年 4 月 11 日于斯洛伐克

---

① 高利克先生有学术著作《中国现代文学批评发生史》。
② 高利克先生有学术著作《中西文学关系里程碑》。
③ 高利克先生有学术著作《中国现代思想史研究》。
④ 高利克先生有学术著作《圣经在中国研究精选》。

戏呈张梦阳先生

月下枣树独张望，
漫漫长夜秋梦长。
鸟鸣雾散初阳升，
收获时节花好香。

2009年9月24日于厦门大学

学海耕耘谢吾师

——初夏师生聚会有感

初夏时节雨纷纷，
师生聚会情谊深。
探究文学韵味长，
晤谈人生感情真。
回眸过往月朦胧，
瞻望未来日升腾。
一日为师终身父，
学海耕耘谢吾师。

2010 年 6 月 27 日

于“中国现当代文学与中国文学传统”学术研讨会

敬呈李伦新先生

海派文化领军人，
兢兢业业苦耕耘。
九载风雨发如霜，
夕阳无限李伦新。

2010 年 11 月 27 日
于第九届海派文化学术研讨会

十年岁月酿辉煌*

——敬呈李伦新先生

十年岁月酿辉煌，
海派声誉日月光。
白发频添心无悔，
擎杯恭贺笑声朗。

2011 年 11 月 5 日于朗廷酒店

* 拟小诗一首祝贺海派文化研究中心十岁诞辰。

学界三杰

严家炎

谦谦君子严家炎，
终生从教严加严。
流派研究树典范，
幸福晚年令人羡。

陈平原

叙事模式说转变，
北大精神有宏篇。
京城香港两地走，
越过高山是平原。

杨　义

笔耕十载小说史，
现代古代独家治。
图说文学生动写，
远离京城衙门气。

2012 年 12 月 8 日于武汉弘毅酒店

敬呈朱德发先生

——贺朱先生八十大寿

惊涛拍岸蓬莱人①，
风雨如晦礁石梦②。
鲁县苦读孔府月③，
泉城谢客斗室灯④。
人学探源求真理⑤，
爱河溯舟为启蒙⑥。
最是桃李满天下，
天高地厚谢师恩。

2014 年 9 月 17 日夜于瞻雨斋

---

① 朱德发先生是山东省蓬莱县人。

② 朱德发成长的小村可望见大海和礁石，那里曾驰骋着他未来的人生之梦。

③ 朱德发先生毕业于曲阜师范学院，曲阜古称鲁县。

④ 朱德发先生于 20 世纪 70 年代在山东师范大学的斗室中闭门谢客刻苦研究，济南又称泉城。

⑤ 朱德发先生对五四文学和中国新文学的研究贯穿着人文启蒙和人学追求。

⑥ 朱德发先生著有《爱河溯舟——中国情爱文学史论》。

同仁戏赠

致戴翊兄

沪上长者是戴兄，
宽厚踏实如春风。
文苑耕耘勤开拓，
艺海犁浪细观摩。
谈吐平朴似桑榆，
撰文厚实如柏松。
最是交友善为先，
一言一语袒心胸。

2002 年 10 月 20 日于豫园

大尾笃别情*

紫荆花开紫茵茵，
送别聚会情谊真。
炭火融融意更浓，
歌声轻轻情却深。
退修营里共分享，
小教堂中同沐恩。
任是天南地北远，
总记今夜送别情。

2003 年 12 月 11 日夜于神学楼

---

* 2003 年 8 月 26 日，我前往香港中文大学宗教系神学组任客座教授，与神学楼的兄弟姊妹们结识。12 月中旬我即将离开，诸位自愿组织大尾笃聚会盛情送别，耀伦还代表全家赠送礼物，别情依依，情真意挚，令我十分感动，特写一诗致谢并予以纪念。

赠　别

——为欢送中文系九一级研究生毕业所作

叠叠梧桐意绸缪，
萋萋芳草情幽幽。
曾踏西园溶溶月，
又别东湖依依柳。
离校勿击易水曲，
归乡莫唱大风歌。
捷书驰报喜庆日，
遥隔青山对饮酒。

1995 年 6 月于上海师大

新年寄曹旭

文海耕耘痴且迷，
云雀飞来景依稀。
夜半风起心亦动，
踏雪归寮应添衣。

2001 年元月 2 日

雨中游东山记并谢锦乾夫妇*

夏兄盛邀木渎行，
天公无情人有情。
古镇风雨吴越梦，
江南园林春秋景。
启园迎驾御码头，
羡园尚贤楠木厅。
最是肇园湖光美，
王侯气魄名士心。

2004 年 5 月 4 日于瞻雨斋

---

* 甲申年五月初，夏锦乾夫妇忙里偷闲邀请吾阖家赴苏州一游，同游者有胡明兄弟、曹旭一家、王春杰等。锦乾同窗陈博士亲自导游，雨中流连于启园、羡园，烟雨朦胧，尝太湖美味，别有情趣。登陈博士豪宅肇园之门，宽敞豪华，面湖揽绿，令吾等艳羡不已。撰此诗以记之，并谢锦乾夫妇。

呈朱竞友

暗香浮动赤橙朱，
月华如水千蝶舞。
最是云起百花竞，
万般风情只一株。

2005 年 6 月 12 日应朱竞索诗
作于广州从化文轩苑度假村

赞高兄旭东

一

高山雄峙泰山峰，
旭日喷薄情思涌。
东方第一男子汉，
好酿美酒花丛中。

二

出口成章高旭东，
情思情诗如泉涌。
最是放歌一声吼，
震了北京震广东。

2005年6月12日
于广州从化文轩苑度假村

岁末致友二首

致一平友

一株春兰娉婷开，
平添世间多少爱。
如火心肠如春风，
意洒幽香情似海。

致国庆友

国事家事天下事，
庆有襟怀任骋驰。
顺风逆风色不变，
心诚情厚真男子。

2005年12月15日于纽约

致中元友

中秋月圆云潇洒，
元旦雪飘风归家。
腾空雄鹰翔苍穹，
达到峰巅瞰天下。

2005 年 12 月 23 日

致大翔

扇动你飞翔的翅膀
用欲望的双眸
去寻觅大自然的绝唱
雪的轻吟、水的想象
藤的缠绕、风的流畅
用灵动的诗心
去触摸天地的呼吸
生命的萌动、灵魂的幻想
小鸟的飞痕、光线的欢唱
你有一对神奇的翅膀
不然,你就不会大翔
你有一双深邃的双眸
不然,你就不会在梦里吟唱

2006 年 6 月 9 日于同济大学

初　春

——致柳中夏

柳丝缠绵如发春，
中间小径桃林深。
夏初莲荷新绽蕾，
好画美景醉醺醺。

2008 年以韩国学者柳中夏之名为题，
作于杭州白鹭湾君澜度假酒店

聚会竹家庄有感

秋日花黄乐融融，
友朋晤谈沐春风。
去岁纽约叶绚烂，
今年上海月如梦。
日到中天气似虹，
人过半百心媲松。
世间难觅知己少，
真情真意铭心胸。

2006 年 11 月 4 日与阎一平友聚会时记

致家骊兄

人生有缘总相逢，
江陵海涛浪枕梦[①]。
哈佛雪寒知情真[②]，
香港花红识友胸[③]。
西湖柳绿才情涌，
浦江月淡都市风。
心有灵犀一点通，
无论身在西与东。

2006 年 11 月 25 日
于香港中文大学联合书院

① 吾与林家骊先生于韩国江陵开会时结识。
② 2005 年冬我赴哈佛大学与会，家骊热情邀我与他同宿一夜。
③ 2006 年 11 月 23 日参加世界华文旅游文学国际研讨会时重聚。

呈谢有顺

谢家梁上燕，
有雏鸣堂前。
顺风衔食来，
好哺子成材。

2006 年 11 月 30 日
于复旦大学《兄弟》研讨会

贺柳卫玉友五十诞辰*

月圆时分梦柳岸，
半世坎坷精卫胆①。
一片冰心在玉壶，
云蒸霞蔚更好看。

2007 年 4 月 30 日

---

* 2005 年秋冬，我到纽约大学访学，结识柳卫玉小姐，其丰富的经历、坎坷的遭际、顽强的精神，令人赞佩。今年柳小姐五十华诞，嘱我为其撰文。现写一藏名诗，以示祝贺，真诚祝福柳小姐身体健康、生活快乐。

① 中国古代神话说炎帝的女儿在东海化为精卫鸟，每天衔西山的木石来填东海，比喻不畏艰难努力奋斗。柳卫玉友出国留学，人生虽有颇多坎坷磨难，却一如既往努力奋斗，其精神有如精卫。

敬呈国明先生

殷勤笔耕瘦，
国事家事清。
明日黄花闲，
好品春茶尖。①

2010年12月15日
于上海作家协会

① 清瘦国明先生乃大智之人，乃有品位智者，大智若愚，休闲中见忧患，闲适中有苦痛，苦痛中有智慧。

呈福康兄

陈酒滋味醇，
福泰女儿娇。
康健人长寿，
妙笔头发少。

2010 年 12 月 15 日
于上海作家协会

赞二十八星宿

——国际青年学者研讨会随感

苍茫天穹千秋途，
熠熠闪光有星宿。
众星聚会崇基园，
眺望明天辉煌路。

2010 年 12 月 7 日
于香港中文大学利瑶壁楼

巧磊美曲总关情

——呈叶磊先生

踏遍北国兴安岭，
融入故乡浦江音。
呼玛河畔渔歌醉，
江南小镇丝竹清。
鄂家民歌小山寨，
知青情结大森林。
秋叶春风诗心在，
巧磊美曲总关情。

2012 年 8 月 23 日于瞻雨斋

致张桂兴

张罗会议太苦辛，
桂花香时聚友朋。
兴师动众迎宾客，
好扬老舍真精神。

2012年10月28日
于漳州宾馆

江宝钗大名意境

风光旖旎水连天，
钻石珍珠金项链。
环佩叮咚鬟发长，
大陆台湾情常牵。

2012 年 12 月 9 日
于武汉文学史研讨会

谢颜敏设宴款待

年过六旬愁烦少，
友朋聚宴回母校。
美酒频添情谊深，
微醉时分有傻笑。

2013 年 2 月 13 日酒后

阅《乡村捕钓散记》呈刘春龙先生

童年生趣在乡土，
捕鱼捉虾有碧湖。
回眸人生真情在，
船橹咿呀梦如故。

2014 年元月 12 日
于兴化天宝花园大酒店

聚会情录

母校聚会小记*

纪念会上

宾朋满座风亦暖，
回忆恩师话语长。
智者言谈夸母校，
愚者絮叨自表彰。

喜会众师

喜会众师心欢畅，
恍若解惑在课堂。
依稀旧梦情永在，
寸草之心谁能忘。

天沐温泉

隆冬时节赴九江，
温泉沐浴情谊长。

---

* 2008年元月12日，母校举行胡守仁先生百年诞辰纪念大会，应邀前往，同窗王能宪、高福生一同被邀，与母校诸多老师同学相聚，并前往九江天沐温泉，感慨良多，特拟小诗以作纪念。

浴池出入水渐凉，
寒风瑟瑟心却暖。

校长设宴

聚宴母校酒菜香，
校长便服意味长。
难忘旧情话语少，
佳肴无味心荡漾。

2008 年 1 月 14 日
于南昌至上海的车上

南昌聚会有感*

岁末聚会春来早，
同窗举杯乐陶陶。
风流倜傥鬓有斑，
才华横溢气仍豪。
不知深浅频斟酒，
已谙世事月已高。
握别情深拥抱处，
牵起回忆知多少。

2007 年 2 月 13 日于南昌

---

* 2007 年 2 月 12 日，大学同学聚会，出席者有吴辉、袁若明、周家骏、杨松林、熊光明、马永红、杨龙、黄建明、颜长青等，同学聚会，情真意切，举杯畅饮，欢乐融融。拟小诗以记之。

记同窗绍兴游*

夏至会稽翡翠绿，
同窗相聚人如故。
柯岩漫步烛天柱，
鲁镇徘徊名人屋。
青藤盘绕书屋雅，
兰亭曲畅荷花舞。
最是咸亨黄酒醇，
廊桥回味梦醒处。

2007 年 6 月 25 日

---

* 2007 年 6 月 22 日，建华邀请能宪去绍兴讲学，高福生同往，亦邀我携妻儿同行，宿廊桥酒店。在绍兴游览两日，青山绿水风景秀丽，同窗聚会别有情趣。拟小诗以记之。

致易中生同窗

谋生不易也容易，
平淡之中心如月。
闲适人生求潇洒，
吃亏是福独钓雪。

2005 年 12 月 23 日于纽约

秋雨花家山庄晤同窗*

雨滴山庄凉，
风吹千叶响。
碧波涟漪静，
残荷菊花香。
徘徊小径独吟唱，
回眸过往费思量。
小憩梦中闻铃响，
踟躇门前候同窗。
对座话语多，
握手心激荡，
两鬓斑白染霜，
日月如梭难忘。
同学三载，
同窗情谊永藏；
阔别多年，
说故道旧痴狂。
小坐时间短，
赠礼情谊长。

---

* 2008 年 10 月 25 日，参加浙江工商大学组织的“文学创作问题与文艺学中国式创新”高层论坛，下榻于花家山庄，与同窗陈一辉联系会面，于宾馆小坐晤谈。拟短诗以作纪念。

依依惜别雨依然，
风物长宜放眼量。

2008 年 10 月 25 日
于杭州花家山庄

遥思同学盛会有感*

阔别同窗廿七载，
青春岁月梦徘徊。
赣江之滨沐雨露，
青山湖畔望星海。
两鬓染霜春已去，
一腔热血情犹在。
遥想同学盛会时，
师友笑颜梦里来。

2005 年 10 月 2 日

---

* 乙酉年国庆，毕业二十七载后，同学们在母校聚会，因杂事缠身不能前往，甚感遗憾与歉意。窗外秋雨霏霏，胸中情思绵绵，特凑此诗以释情怀。

星夜泛舟绍兴有感*

桂花香时泛舟好，
微风灯影驱烦恼。
忆昔同窗趣事多，
叹今师生晤谈少。
感慨儿女已成人，
嘘唏日月催人老。
有张有弛心地宽，
何时再聚乐陶陶。

2006 年 10 月 21 日

---

* 2006 年 10 月，与会绍兴，时黄健也出席，凑巧邱国珍亦在绍兴。18 日晚，王建华友邀同窗与我登游船一起游览绍兴，微风习习，灯影憧憧，廊桥横卧，水波粼粼，师生相聚，怀旧叙情，其乐融融。撰小诗一首，以记之。

忆扬州六首*

泛　舟

风光最美是扬州，
瘦西湖里泛轻舟。
同窗共游放声唱，
惊飞白鹭有翠柳。

小　酌

小酌周末你我他，
肴肉油鸡小酒家。
二两烧酒三人饮，
小城岁月不思家。

打　牌

拉开书桌成牌友，
拱猪拱到夜半后。
恼羞成怒拍案起，
小巷去买盐水鹅。

---

* 2008 年 11 月 21 日，赴扬州参加朱自清诞辰一百一十周年学术研讨会，在火车上回忆在扬州师院的求学生活，写打油诗数首。

酒　后

不胜酒力却好酒，
同窗聚宴都是乐。
醉倒师弟三两位，
忙坏床前老大哥。

戒　烟

一室三人两烟枪，
有人戒烟心花放。
晨起踯躅可怜相，
变本加厉人欲狂。

斗　殴

君子动口不动手，
无理却先动干戈。
走投无路愤怒时，
血溅湖畔震扬州。

2008 年 11 月 21 日
写于上海赴扬州火车上

金秋，献给母校的歌

金秋，是收获的季节；
金秋，是欢乐的时刻。
在母亲五十华诞的今天，
让我们将酒杯斟满美酒，
祝母亲幸福欢愉健康长寿。
在母校五十大庆的时候，
让我们激情洋溢放开歌喉，
唱一曲献给母校最美的歌。

半个世纪的风风雨雨，
皱纹已悄悄爬上母亲的额头，
慈母的关爱，儿行千里母担忧。
半个世纪的日月沉浮，
欢笑却不断溢出母校的门口，
常回家看看，母校牵挂着诸位校友。
日月如梭呵涛声依旧，
桃李满园呵春夏冬秋。

来了，我们来了，回到母校，
如回到母亲温馨的怀抱；
来了，我们来了，回到母校，
寻觅过去熟悉的亭台楼阁。

学思湖的涟漪，你是否依然
依然荡漾着我们的青春气息？
林荫道的梧桐，你是否依然
依然记录着我们的岁月如歌？
校园的旧梦，依然令人如痴如醉；
母校的新貌，却让你我精神抖擞。

去探望两鬓如霜的老教授，
依然像毕业时紧握他那双温暖的手；
去寻找阔别多年的老同学，
依然见面时用拳头捶他宽阔的肩头。
回到母校，应该是喜不是忧，
泪水怎么会涌出我的眼眶？
校庆金秋，应该是乐不是愁，
唱一曲献给母校最美的歌。

回扬州九首

寻　梦

酒后蹒跚脚步软，
校园春夜旧梦还。
旧居寻觅面貌改，
柳拂月影拍栏杆。

师　徒

一日为师终身父，
银发互映有师徒。
对座晤谈春风暖，
话语不多情如故。

同　窗

同窗数载如弟兄，
音讯不通情在胸。
一朝母校又相会，
满杯饮酒话泉涌。

荡　舟

西湖荡舟人不瘦，
学生岁月又回眸。
桃花未红柳丝长，
几度梦萦是扬州。

忆　旧

渐入老境常忆旧，
最难忘怀是扬州。
拱猪拱到月落后，
小巷去买盐水鹅。

2012 年 4 月 1 日于扬州大学

见恩师[1]

初冬风寒回扬州，
拜见恩师暖春秋。
话短情长心坦然，
拥别时分话哽喉。

---

① 去扬州中医院，见恩师精神矍铄，颇感安慰。

谢师弟[①]

同出师门弟为尊，
侍奉恩师胜儿孙。
客来迎往平常事，
有口皆碑德胜门。

聚友朋[②]

友朋聚宴在扬州，
豪饮畅谈有美酒。
容颜渐老情不老，
举杯忆旧总是歌。

吃早茶[③]

瘦西湖畔吃早茶，
友朋真情如朝霞。
包子干丝味绝美，
天伦之乐有老马。

2012 年 11 月 27 日于镇江南站

---

① 徐德明为同门师弟，精心侍奉恩师，任劳任怨，比儿子更像儿子。

② 回扬州，德明设宴款待，陈学广、黄善明、马宏伯、陈俊、金德明等出席。

③ 离开扬州当日，德明安排早茶，马宏伯夫妇携孙子作陪。

记湘西之行并谢湖南师范大学

湘西山水也知情，
云开日出迎友朋。
猛洞漂流添豪情，
凤凰踏步思从文。
王村联姻新郎笑，
德夯坐团湘妹嫩。
最是主人情谊真，
景美酒美欲断魂。

2002 年 7 月 2 日于湖南吉首

美兰湖畔说海派

——第四届海派文化学术研讨会有感

美兰湖畔说海派，
各路英豪聚罗店。
经济全球观世界，
文化多元汇上海。
环视宝山都是宝，
放眼浦江均为爱。
一年一度春风来，
海派享誉国内外。

2005 年 5 月 21 日
于宝山美兰湖会议中心

誉满东南大讲堂

——应绍兴文理学院风则江大讲堂作

吴越胜景风则江，
誉满东南大讲堂。
树人传统承鲁迅，
独立精神秉嵇康。

2006 年 10 月 16 日于绍兴饭店

天地入吟山水胸

——世界华文旅游文学国际学术研讨会有感

紫荆花红拂香风，
秋日如春绿绮梦。
香江江练蜿蜒蛇，
港岛岛楼奔腾龙。
书院联合谈旅游，
月刊明报说行踪。
情思满眼歌酒狂，
天地入吟山水胸。

2006 年 11 月 25 日

于香港中文大学联合书院

真情相伴有论坛

——贺首届全国农民工文化论坛召开

初夏时节深圳暖，
首届论坛聚好汉。
关注农民百花红，
研讨文化碧海蓝。
城市发展洒热汗，
社会和谐亮肝胆。
全民关爱农民工，
真情相伴有论坛。

2007 年 5 月 27 日
于深圳喜来登度假酒店

贺专题片《海上惊雷雨》推出

回眸百年说雷雨，
纵横捭阖思曹禺。
雅俗共赏蕴深度，
雷雨余韵惊话剧。

2007 年 6 月 6 日
于上海戏剧学院熊佛西楼

聚会翰林众文豪

——与会齐鲁文化研究中心有感

齐鲁五月风光好，
聚会翰林众文豪。
成果累累数家珍，
甘苦自知道烦恼。
话不投机半句多，
酒逢知己千杯少。
握别时分情殷殷，
难忘今日盼明朝。

2007 年 5 月 20 日

于山东师范大学翰林大酒店

爱心善心永弘扬

——参加“宗教与伦理道德”学术研讨会有感

瑞雪飘飘石家庄，
金谷聚会暖洋洋。
宗教对话求和谐，
伦理道德著文章。
参观信德知奉献，
品茶湖畔道情长，
爱德进德米索尔，
爱心善心永弘扬。

2005 年 2 月 27 日于石家庄金谷大厦

我们和春天约会

在春寒料峭的时分
我们和春天约会
在柳枝吐绿的时候
我们和春天约会
我们的眉角已有着或深或浅的皱纹
岁月的洗礼是坎坷的征尘
我们的额头已有了或灰或白的鬓发
知识的熏染是永远的青春
今天,我们接受春的邀请
今天,我们和春天约会
桃红柳绿
我们依然春心荡漾
松柏长青
我们依然豪情满怀
唱上一曲老歌吧
革命人永远是年轻
跳上一支舞曲吧
友谊永远地久天长
我们与春天约会
我们依然那么激情、那么年轻
春天依然属于你、属于我
春天依然属于我们!!

2007 年 6 月 11 日
于上海师范大学男女教授联欢会

汕头会议随感

紫荆花开岁末暖，
聚会汕头风亦香。
老友晤谈水甚清，
新朋切磋月更亮。
主人款待情谊真，
客者小住美梦酣。
最是山青水绿处，
遛狗遛人神仙样。

2007 年 12 月 8 日于汕头大学

贺上海鲁迅纪念馆建馆五十周年

——依鲁迅《自嘲》韵

是是非非欲何求，
愤世嫉俗总碰头。
无私无畏居闹市，
有情有义立中流。
铁骨不惧千夫指，
肉躯却做孺子牛。
端庄小楼成一统，
风风雨雨五十秋。

2001 年 1 月 4 日于瞻雨斋

贺上海鲁迅纪念馆五十华诞

风风雨雨五十春，
天地屹立民族魂。
总理题名传四海，
主席讲话定乾坤。
莘莘学子踏春来，
古稀友朋祭故人。
最是新馆多端庄，
再铸丰碑扬精神。

2001 年 1 月 7 日

缤纷绚烂五十载

——贺《上海戏剧》创刊五十载

缤纷绚烂五十载，
社会人生大舞台。
名家荟萃说甘苦，
观众瞩目道情怀。
传承流派牡丹香，
开创新潮玉兰开。
回眸坎坷戏剧路，
众望所归向未来。

2009 年 11 月 13 日
于上海文艺活动中心

世博会论坛七首

姻缘缔结全人类
——宁波世博主题论坛随感

五月甬城风光美，
宾朋聚谈世博会。
三水为魂古城风，
信息作脉现代魅。
城市发展网做舟，
世界和谐情为媒。
地球村落生活好，
姻缘缔结全人类。

2010 年 5 月 15 日
于宁波香格里拉大酒店
“信息化与城市发展”主题论坛

美酒美曲共举觞
——苏州世博会主题论坛随感

古城苏州是水乡，
江南丝竹情悠扬。
更新城市生活美，

传承文化渊源长。
昆曲婉转华夏梦，
弹词婀娜古城浪。
最是友朋相聚情，
美酒美曲共举觞。

2010年6月13日
于太湖国际会议中心
“城市更新与文化传承”世博会主题论坛

古城无锡是明珠
——无锡世博主题论坛随感

初夏时节赴太湖，
古城无锡是明珠。
鱼米之乡有胜景，
生态之城最宜居。
科技创新生活美，
城市未来幸福图。
最是湖光山色好，
细雨如诗鼋头渚。

2010年6月20日
于无锡湖滨饭店
“科技创新与城市未来”世博论坛

紫金山庄绿森森
——世博南京主题论坛随感

花红古都帝王风，
紫金山庄绿森森。
环境变化云叠忧，
城市责任雨枕梦。
中山陵上魂难安，
秦淮河畔歌浮沉。
最是夜半月如钩，
独斟独饮石头城。

2010 年 7 月 3 日于南京紫金山庄
“环境变化与城市责任”世博主题论坛

九月绍兴世博风
——世博会绍兴主题论坛随感

九月绍兴世博风，
小桥流水有乌篷。
经济转型规划远，
城乡互动前景宏。
兰亭鹅池泛新绿，
鲁迅故里觅旧痕。
最是师生聚会时，
往事历历情谊深。

2010 年 9 月 9 日

于绍兴开元名都大酒店

梦里畅饮世博酒

——世博杭州主题论坛随感

桂子溢香西湖秋，
古都聚会天堂柳。
和谐城市风亦清，
宜居生活云无愁。
幸福追求苏堤春，
人生向往曲院荷。
登高望远山水秀，
梦里畅饮世博酒。

2010 年 10 月 6 日

于杭州黄龙饭店

依依不舍看明朝

——世博会高峰论坛随感

天高云淡艳阳照，
群贤毕至涌欢笑。
总理致词得人心，
贵宾演讲有忠告。
城市创新人间美，
持续发展世界好。

闭幕时刻心绪乱，
依依不舍看明朝。

2010 年 10 月 31 日
于上海世博中心高峰论坛

中秋与会成都

成都无月是中秋，
锦里嘈杂无奈游。
宽巷窄巷总是巷，
草堂圣祠不是楼。
满桌辣味满眼泪，
擎杯互敬茶代酒。
今年不知月饼味，
夜半觅月独放歌。

2010 年 9 月 23 日
于成都百花园酒店

呈《世博胜景图》随感*

百年旧梦绘新图，
恢弘长卷浦江舞。
云蒸霞蔚世博景，
华夏崛起千秋殊。

2010 年 9 月 29 日于上海师大

---

* 2010 年 10 月，上海师范大学都市文化研究中心与上海市人民政府发展研究中心、加拿大文化更新研究中心、上海市高校都市文化 E－研究院举办“世博会与都市发展国际学术研讨会”，都市文化研究中心将《世博盛景图》分别呈上海市人民政府发展研究中心、加拿大文化更新研究中心。29 日，拟小诗一首，以表心境。

岁末崇基暖融融

——参加第五届国际年轻学者研讨会有感

岁末崇基暖融融，
晤谈基督和煦风。
廿八精英皆青春，
评议三者有老翁。
回眸历史月朦胧，
展望未来日彤红。
九载风雨心不老，
五湖四海常沟通。

2010年12月7日

于香港中文大学利黄瑶璧楼

世博缘

上海大阪世博缘，
美好生活一线牵。
东方之冠太阳塔，
人类文明留诗篇。

2011 年 12 月 22 日
于日本国立民族学博物馆

世界舞台创海派

——贺喻荣军作品研讨会

驰骋剧坛十六载，
人生故事辛苦裁。
去年冬天有真情，
谎言背后是深爱。
浮生记中写灵肉，
活性炭里诉悔改。
人性人情细剖析，
世界舞台创海派。

2011 年 12 月 3 日于衡山宾馆

南昌聚宴二首

赞建荣伉俪*

助人为乐平常心，
急人所急是真情。
侠肝义胆湖映月，
善有善报雁留影。

2012 年 6 月 7 日

师生聚宴有感**

人过半百最忆旧，
师生情谊如陈酒。
豪宴畅饮放歌喉，
青春岁月常回眸。

2012 年 6 月 17 日

---

* 闻严建荣伉俪拾得皮包千方百计寻得失主而作。

** 去南昌探望被助动车撞伤的岳母，严建荣设宴招待，参加者有熊大冶、雷良启、贾鲁营、黄智清、陈峻、倪家春、钟益财。

再铸辉煌

——《秘书》杂志300期寄语

秘书，是领导的喉舌与智囊；
秘书，是企业的实力与市场；
秘书，是公众的朋友与参谋；
秘书，是社会的理性与拐杖。
恭祝《秘书》百尺竿头更加发达！
恭祝《秘书》继往开来再铸辉煌！

2011年10月26日

聚会南昌三首*

老周境界

融入山水闲适心，
书法散文乡村情。
看破官场得见真，
儿孙绕膝有温馨。

致敖忠生

师生阔别三十载，
一朝相聚多感慨。
举杯频频说往事，
人间真情深如海。

致熊大冶

似醉非醉话语多，
青春岁月未蹉跎。
未举酒杯心已醉，
真情真言天地阔。

2012 年 10 月 3 日

---

* 2012 年国庆，南昌同学设宴款待，出席者有熊大冶、谭立义、雷良启、贾鲁营、敖忠生，邂逅邱国珍女儿佳佳婚宴，酒后拟打油诗以记之。

与会浸会有感

雨脚如麻云不开，
研讨基督学如海。
旧朋新友聚浸会，
涛涌香江滚滚来。

2013 年 6 月 15 日于香港浸会大学

文化批评做先锋*

——贺《粤海风》百期

东南吹来粤海风，
文化批评做先锋。
纵横捭阖说历史，
鞭辟入里话人生。
针砭时弊不留情，
指点江山有爱憎。
嬉笑怒骂皆文章，
文化品格铸真诚。

2013 年 10 月 10 日

---

* 在当代文坛，《粤海风》是独树一帜的文化批评刊物，对于文化现象批评的敏捷犀利丰富深刻，在物欲化的时代里始终坚持其批评立场文化品格，实在难能可贵。在该刊百期时，特撰小诗以贺之。

聚会宜春

盛夏时节聚宜春，
同窗情谊似海深。
明月山头云雾浓，
温汤井畔热气腾。
师生相聚话语长，
岁月流逝情感真。
酒不醉人人自醉，
老夫放歌觅青春。

2014 年 8 月 17 日

与陈自华、敖忠生、唐清辉、杨秋生等聚会宜春随感

与会“济南城与都市文学研讨会”随感

泉城甘露千年流，
诗涌古都全是歌。
待看今朝垂柳处，
璀璨文章写春秋。

2014 年 11 月 11 日于泉城济南

再创辉煌铸未来

——贺华夏社会发展研究院成立二十周年

辛勤耕耘二十载，
享誉华夏有风采。
立足社会勇担当，
攀登高峰呈大爱。
民间智库立丰碑，
中国精神传四海。
眺望世界烽烟路，
再创辉煌铸未来。

2014 年 12 月 17 日于新锦江大酒店

别情依依

哭剑华老弟

噩耗传来惊且疑，
勃勃英姿仍历历。
忆昔同饮异乡水，
观今独洒故土泪。
一生执著展鸿志，
半世拼搏却折翅。
最是秋叶飘零时，
别弟嘘唏心凄凄。

1998 年 9 月 1 日

悼周介人先生

一介书生周介人，
文苑耕耘三十春。
呕心沥血育新苗，
栉风沐雨护老根。
文山探路《新尺度》[①]，
学海行舟《创作论》[②]。
两袖清风羽化去，
展笺常思周介人[③]。

1998 年 9 月 7 日

---

① 借周介人先生的文学评论集《新尺度》，表其在文学评论中的思维敏捷、观念新颖。

② 借周介人先生的论文《创作论：从政治性到认识性到审美性的发展》，表其理论批评在学术界的影响和声誉。

③ 周介人先生在病榻上仍关心着文学，在病中他曾给我写信谈论文学问题。

痛悼王捷君

闻知噩耗梦依稀，
索稿殷殷仍历历。
十年沥血育儿女，
廿岁呕心做嫁衣。
千载一遇风展翅，
一朝不慎鹰折翼。
秋风冷雨送君去，
广寒宫里不孤寂。

2000 年 9 月 18 日深夜

悼凡超同窗*

天不识汝我知君，
寒窗数载似兄弟。
热诚如听朗声笑，
率真犹闻坦直语。
情系西藏高原雪，
才溢洪都江南雨。
最是春绿送君时，
遥寄哀思泪沾衣。

2002 年 2 月 24 日夜

---

* 惊闻挚友曾凡超 2002 年 2 月 23 日坐车赴安福途中遇车祸丧生，十分悲痛，夜不能寐，作诗一首以表哀思。

悼任敏师母并致贾老

惊闻讣告雨淅沥，
老伴仙逝贾老泣。
颠沛流离系真情，
相濡以沫恸天地。
狱里狱外共患难，
相扶相携同相依。
而今一鹤腾空去，
风风雨雨勤添衣。

学生杨剑龙顿首

2002 年 11 月 21 日惊闻讣告而作

中秋夜悼唐若豪

中秋时节闻噩耗，
月黯不寐思若豪。
勤勉总有率真言，
谦和常见坦诚笑。
历经浦江学思雨，
曾浴滇池支边潮。
最是展翅腾飞时，
阴晴圆缺泪滔滔。

2003 年 9 月 11 日中秋夜
于香港浸会大学

泣别龙兄泉明*

甲申年首闻噩耗，
遥别龙兄风亦泣。
坦坦荡荡结友朋，
兢兢业业析新诗。
和和睦睦做家长，
认认真真为人师。
送别龙兄不归路，
华中学界真君子。

2004 年元月 28 日

---

* 2003 年暑假，闻龙兄患病，十分挂念，曾多次向有关人士打探龙兄病情。最初知其自己尚未了解真相，不敢贸然与之联系。后知龙兄已谙其病，遂寄贺卡和短信，祝其早日康复。2004 年 1 月，获悉龙兄仙逝，十分悲痛，于 1 月 28 日写此小诗表达悲慨之情、吊唁之意。

夏初雨中泣别瑞岳兄

甲申初夏天亦泣，
惊闻噩耗雨淅沥。
学界兄长真汉子，
教坛慈父严导师。
评说半农世无双[①]，
主编史纲人称奇[②]。
劳顿一生归西去，
遥送徐兄雨中泣。

2004年5月13日晨泣作

---

① 徐瑞岳先生在刘半农研究领域出类拔萃，著有《刘半农评传》、《刘半农研究》、《刘半农年谱》。

② 徐瑞岳先生为主编《中国现代文学研究史纲》，邀请诸多著名学者参与撰写，自己则撰写四十多万字，历时五载呕心沥血。

祭　母*

惊闻噩耗心哽咽，
驾鹤西去秋色酽。
辛劳生涯多磨难，
节俭岁月无怨言。
亲情家庭少烦恼，
和睦邻里有笑颜。
魂飞太湖伴父尊，
清白勤勉留人间。

2005 年 11 月 18 日于纽约

---

* 美国时间 11 月 18 日上午 8 时，接妻子芳萍电话，云母亲突然于中国时间 18 日下午 5 时去世。母亲一向身体尚佳，走得特别突然，接到电话悲从中来，撰短诗几行，以表深切哀思。

送别刘宾雁

振翅别去雪飘零，
幽魂一缕归雁影。
内部消息春秋笔，
人妖之间正直心。
二种忠诚悲愤泪，
不死流亡故土情。
铮铮铁骨树丰碑，
千秋功罪无须评。

2005 年 12 月 6 日于纽约

送别巴老

巴老走了,在桂花飘香的季节,
满头银丝,带走一个世纪的痛苦。
巴老走了,在黄叶飘零的秋日,
一腔真诚,带走一个世纪的思考。
让我朗读巴老的一些箴言
送别巴老,
送走巴老的痛苦,
留下巴老的思考……

2005 年 10 月 24 日
于巴金追悼会后作

痛挽友人张志东*

雨泣风咽望九龙，
柳绿时分送志东。
勾沉历史学者志，
放眼现实报人功。
坦诚待人赤诚心，
勤俭持家温爱胸。
最是人生腾达时，
驾鹤西去月如梦。

2006 年 3 月 30 日

---

* 因担任《明报月刊》特约记者，2003 年我在香港中文大学任客座教授时曾去月刊拜会。志东到车站接我，在报社喝咖啡小谈。后来志东曾来上海师范大学参加学术会议，我们聚会晤谈。前不久他写信告诉我已离开报社，入大学当教师，我为其抉择高兴。不料他却因病撒手西去，不能赴港道别，痛拟诗句为志东送行。

泣别益元同窗

早逝英年天亦哀，
长歌当哭送益元。
满腹经纶才映月，
半生坎坷命干泉。
宽厚仁爱儒者风，
热忱坦荡翰林怀。
雨泣英灵驾鹤去，
独品诗酒观月圆。

2006 年 6 月 8 日泣挽

送别训龙友*

春寒料峭乘鹤去，
亲友凝眸泪迷离。
朴实有如丰城土，
精干缘自军队衣。
敬业勤勉烛光明，
持家慈爱燕啄泥。
最是儿孙绕膝时，
送别时分皆嘘唏。

2007 年 4 月 7 日于上海

* 秋叶飘零时分，训龙友病笃，柳绿桃红时节，竟驾鹤而去。吾在江西师大任教期间，训龙为我任班主任班上的学生书记，我们虽为师生，却实如兄弟。训龙友来沪诊疗期间，吾与上海的同学们尽力相助、多次探望。今训龙友匆匆离去，因杂事缠身，不能前去送行，甚为遗憾，特拟诗一首，以表哀悼送别之意，并望训龙家属节哀。

送别许志英先生*

狂风悲泣雨呼啸，
送别先生风亦嚎。
探究五四辟新路①，
梳理主潮见创造②。
严谨精辟学者胆，
严肃热诚为师道。
最是中秋月明时，
感慨嘘唏弃世早。

2007 年 9 月 19 日于雨中

* 9 月 14 日，从朋友处获得许志英先生弃世的噩耗，怅然悲哀中忆及 1987 年许先生参加我的硕士论文答辩的情形，记起我们同学去南京大学访学，听许先生讲授五四文学的情形。今日，接到沈卫威友的回信，告知原委："许先生的老伴去世，他自己中风的病体不能自理。"窗外台风肆虐、大雨倾盆，如同为许先生的去世悲戚。拟小诗以表哀悼之情。

① 许志英先生著有《"五四"文学精神》、《"五四"：人的文学》等有关"五四"文学研究的著作。

② 许志英先生主编有《中国现代文学主潮》、《新时期小说主潮》。

悼余虹友*

初冬时节风凛冽，
噩耗传来云亦泣。
投身教育文思涌，
探究文艺才横溢。
愤世嫉俗眉常皱，
鞭辟入里人称奇。
而今彩虹腾空去，
空余惆怅与嘘唏。

2007 年 12 月 7 日于汕头大学

---

* 与会汕头大学，从网上得知余虹弃世的信息，惊讶中甚为悲哀。余虹曾在上海师范大学中文系工作年余，其才华横溢思维敏捷，现今却掷笔而去。拟小诗一首以表哀悼。

送别贾老*

春风暮色贾老逝，
月色冷魂归山西①。
铮铮铁骨争自由，
融融热肠育桃李。
狱里镣铐寻常事，
狱外谈笑平生志。
宁折不弯真性情，
文坛巨擘谁堪媲？

2008 年 4 月 25 日得知噩耗而作

* 著名学者贾植芳先生因病于 2008 年 4 月 24 日在上海辞世，享年九十二岁。作为学孙辈的我，特写唁诗，深表哀悼。

① 贾植芳先生系山西襄汾人，最早用笔名“冷魂”投稿。

悼董佩珍伯母

春寒料峭柳条新，
泣挽伯母驾鹤行。
少女入党支前忙[1]，
青春执法包拯刑[2]。
光明磊落革命胆，
大爱无声慈母心。
无私奉献求真理，
洒向人间都是情。

2009年3月12日

① 董佩珍女士十七岁就加入了中国共产党，组织妇女参加支前工作。
② 董佩珍女士二十五岁就担任石家庄专区法院副院长。

让生命留在春天
——悼黄曼君先生

金秋菊花泪亦淌，
黄鹤远去歌悠扬。
才华横溢名士风，
博闻强识率性郎。
吟诗作赋呈赤心，
种桃育李留华章。
深秋叶落展翅去，
春风吹时花更香。

2010年11月23日哀挽

沉痛哀悼孙景尧先生

凌晨风凉月昏沉，
君魂归去痛亲朋。
坎坷经历苦追求，
美满姻缘甜人生。
厚德谦逊堪模范，
尚思求真有学问。
桃李满园撒手去，
洒泪唏嘘见真诚。

2012 年 7 月 11 日

沉痛哀悼岳父任昆元先生

春寒料峭雨如泪，
病榻仙逝阖家泣。
忠厚犹如会昌岩，
俭朴恰似豫章泥。
平凡人生燕筑巢，
幸福家庭笋逢雨。
而今君魂归何处，
清白一生清白去。

2012 年 2 月 23 日凌晨

沉痛悼念恩师曾华鹏先生

壬辰岁末日昏黄，
噩耗传来愣半晌。
求学沪上有踌躇，
落难维扬不彷徨。
郁达夫论惊学界，
谢冰心论留华章。
学高身正育桃李，
楷模千秋永敬仰。

2013 年元月 27 日
闻先生仙逝泣作

泣挽长青同窗

秋颜金黄悼同窗，
夜长梦短实悲凉。
山青育成莲花子，
水秀长成莲河郎。
才华横溢撰宏文，
愤世嫉俗写华章。
花甲远望撒手去，
亲朋唏嘘共感伤。

2012 年 10 月 10 日

沉痛哀悼朱政惠先生

秋叶飘零心亦寒，
噩耗传来月顿暗。
平实就如黄山松，
执著恰似浦江帆。
海外汉学有丰碑，
沪上知青立巨椽。
君驾仙鹤腾空去，
仰望明月泪难干。

2013 年 11 月 15 日
于杭州万好万家酒店

送朱政惠先生

送别恍若在梦里，
音容笑貌仍依稀。
执著恰如黄山松，
真诚可比浦江泥。
忆昔同踏黑土地，
叹今独去泪迷离。
雕像安卧海湾园，
千秋事业永矗立。

2014 年 10 月 31 日晨

悼席扬

深秋时分悼席扬，
朝阳落叶亦哀伤[①]。
尧王故里饮浍河[②]，
古都临汾育栋梁[③]。
豪饮美酒逞侠义，
纵览千秋有华章。
最是榕城风光好[④]，
遽然西去留彷徨。

2014年11月24日夜席扬病逝
拟唁诗表哀悼之情

① 席扬于11月23日晨跑时遽然去世。
② 席扬出生在山西绛县，绛县是尧王故里。
③ 席扬曾在山西师范大学任教，学校在古尧都临汾市。
④ 席扬在福建师范大学任教多年，福州被称为榕城。

未圆湖诗草

长春花

你有几个充满阳光的俗名
日日新、雁来红、四时春
自然的光与彩
在你的身上充分呈现
生命的爱与憎
在你的体内日日聚集
没有日日新
哪有你叶的翠绿、花的粉红
没有雁来红
哪有你的笑靥、你的镇定
没有四时春
哪有秋的红、冬的绿
四季如春
你伴着辗转难以入眠者入梦
以毒攻毒
你是人类疾病癌症的克星
只有日日新，才有雁来红
只有日日新，才能四时春
长春花，你表里如一青春永恒

2003 年 9 月 8 日晨

落地生根

生命居然如此顽强执著
只要能够触着大地
无论是秆,是叶
你就会生长出精灵般的须根
你锯齿的叶就会摇曳欢笑
你有节的秆就会节节攀升

土三七,打不死,叶生根
是人们赠予你的俗名
只因为有着如此顽强的生命
你才能在荒野石缝繁衍子孙
只因为有着如此执著的信念
你才能辅助有病有痛的百姓

解毒消肿是你的本分
止血生肌是你的天性
跌打损伤者的龇牙咧嘴
在你的安抚中转为笑颜
烫起燎泡者的愁眉苦脸
在你的轻抚下散尽乌云

人生,应该如你这样鞠躬尽瘁

生命,应该像你这般落地生根

2003 年 9 月 8 日晨

骨碎补

你没有女娲补天的宏志
你没有夸父逐日的步履
你却有着补骨的雅号
你却有着平俗的身份

人们赐予你一个
侠客般的俗名——穿石剑
你一茎茎从石缝里长出
橄榄枝般的枝叶
就如同一柄柄寒光凛冽的利剑
路见不平呀,拔剑相助
救苦救难呀,普度众生

深山野林间的猎人
用你抹平毒蛇留下的齿痕
茅屋小径边的平民
用你安抚贫困带来的疮疖
消热解毒
用你平朴的身躯赶走病痛
消肿止痛
以你闪光的利剑抚慰人生

2003 年 9 月 8 日晨

丢了棒

为何这般粗心大意
在哪里丢了你洗衣的棒槌
是在古井边的青石板上
还是在石桥畔的河埠头
为何你又顺风追寻
你就有了追风棍的别名

白桐树,描出了你的体态
咸鱼头,是不是说你的气息
祛风除湿
你让关节炎患者翩翩起舞
散瘀止痛
你使外伤瘀痛者登高望远
只要河水没有冲走你的棒槌
我们愿意与你一起去追寻

2003 年 8 月 8 日晚

臭　草

为什么赐予你
这样一个不雅的名字
以至于远远见到你就躲避
有人却称呼你芸香、小香草
为什么对你的称谓这样大相径庭
臭，令人厌恶如远离茅厕
香，让人欢喜如亲近花卉
香臭不分，真是岂有此理

也许由于你身躯矮小
总是与杂草碎石为伍
也许因为没靠山凭依
只有任人辱任人欺
名字的雅俗只是一个符码
行为举止才是美丑的实质

清热解毒
喝令感冒发热避开
散瘀止痛
勒令胃痛惊风躲避
你小小的躯体中竟有这样的能量
你俗气的名字下竟有这般的神力

珍惜自己的声誉吧
一举一动早烙入众人的心底

2003 年 8 月 8 日晚

玉龙鞭

是不是天庭神龙失落的玉鞭
是不是海底龙王冲走的御宝
迎风摆动，就像雨天里的白日梦
晨曦滴泪，却似雪峰上的神仙草

为何人们对你鄙视有加
玉鄙鞭、假败酱、假马鞭
都是人们强加你的罪名
都是世人赐予你的俗号

清热解毒，挥舞起你的神鞭
风湿病痛惊慌失措无路可行
利水通淋，高擎着你的玉龙
尿路病症胆战心惊四处逸逃

假的不会真，真的假不了
说得美的，不如做得好
让别人去说吧
谁笑到最后，才笑得最妙

2003 年 9 月 9 日晚

芙蓉菊

似海葵跃出大海来此地
如翠玉雕就了你的身体
墨绿的枝叶像菊花般绽开
精致的形态如梦幻般呼吸

人们赐予了你玉芙蓉的美名
你有着玉的古朴、花的美丽
人们赠送给了你香菊的艳称
你有菊的身姿、秋的香气

祛风湿,逼风寒感冒躲开
消肿毒,令疔疮病痛远离
没有菊的金黄、雪白、紫红
却一年四季在绽开中亭亭玉立

2003 年 9 月 8 日晚

龙脷叶

或许也曾在碧波里翻江倒海
大概也曾在玉宇中吞云吐雾
要不你的名字怎么总离不开龙
人们还赐你龙舌叶、龙味叶的雅号
或许是哪吒闹海时遗落的痛苦

尝尽龙宫的御宴佳肴
你宽大如舌的绿叶上
是否还记得海底的琼楼玉宇
品够天上的美酒琼浆
你墨绿如玉的味蕾上
是否还萦回天宫的琴瑟铙鼓

忘却了过去的繁华旧梦
面对着眼前的人间疾苦
叶,润肺止咳
上呼吸道的炎症望风披靡
花,消炎止血
呼吸系统的咯血花到病除
能够享受,也能吃苦
生命才这般令人欢欣鼓舞

2003 年 9 月 8 日晚

海　芋

生在山野之中
怎么会烙入海的涛声
长得稳稳重重
怎么会有如此恶称——
广东狼毒、痕芋头、野芋头

野芋头倒也罢了
本来就是山野之民
痕芋头倒也算了
贱民身上总有累累伤痕
广东狼毒却令人心惊
好像我有蛇蝎心肠卑劣名声

其实我能消热解毒
热病高烧见我即刻逃遁
其实我能消肿散结
疮瘤肿毒遇我无息无声

虽然我性寒有毒
以毒克毒才是我的本分
宽大的芋叶在山野间迎风摇曳
坦荡无私才能显得真诚

2003 年 9 月 9 日凌晨

白鹤灵芝

白鹤，展开双翅是湖的精灵
灵芝，如伞如盖是山的神韵
白鹤的高洁、灵芝的神奇
你怎会将这两个美名集于一身

仙鹤草的称谓倒也平实
润肺止咳
让肺热暴咳者平静入眠
癣草的名称却也坦诚
杀虫止痒
使湿疹体癣者没有抓痕

看你在风中翩翩起舞
不就像仙鹤驾雾腾云
看你在山野间无息无声
却有着灵芝的坦然与沉稳

2003 年 9 月 9 日晨

猫须草

你的叶真像两撇猫的胡须
傲然翘在清风中一左一右
暮色里不拄拐棍精神抖擞
称你为猫须公长了你的辈份

圆锥直管草勾画出你的体态
命名为肾茶才是你的本真
封你为肾脏清道夫能否首肯
膀胱炎、肾炎总让你费神
清热利尿排石是你的责任

像久俟狡鼠洞口的猫神
两撇猫须展示着勤勉坦诚
任凭病患狡诈如鼠
兢兢业业才能维护你的名声

2003 年 9 月 9 日晨

吊灯花

总像一个顽皮的孩子
未到元宵就老提着一盏红灯
总像一个睿智的老人
摇动着风铃想述说你的旧梦

是不是你小时家境贫困
别人玩灯,你只能看门
望着妹妹羡慕的眼神
你说,有朝一日
我给你买好多、好多的灯

是不是你也有过辉煌
创业艰难,百事缠身
功成名就,却孤苦伶仃
悬起这一个个风铃
总悔疚那时未珍惜的温馨

是不是来自南美洲的丛林
风铃扶桑是赐予你的别名
是不是曾经闯荡过南洋
南洋红花是你的美称

经过了磨难，才更珍惜生活
经历了坎坷，才更同情他人
你的叶，消炎
你的根，消滞
亮起红灯，让生活更有光彩
摇动风铃，使人生有色有声

2003年9月10日凌晨5点

救必应

白木香,白兰香,铁冬青
我还是欣赏你的救必应
有求必应,是大慈大悲
有求不应,是狼心狗肺

当溺水者伸着挣扎的手
当病痛者抬着求救的眼
熟视无睹,旁若无人
有求不应,请摸摸你的良心

你怎能应付如此多的疾病
咽喉肿痛、扁桃体炎
十二指肠溃疡、胰腺炎
感冒发烧、急性肠胃炎
……

你怎能有如此大的本领
清热解毒,消肿止痛
救必应,在你的面前
有的人应感到羞愧、痛心
有的人应深刻对照、反省

苦丁茶

在茶叶的家族中
是否你受的苦最多
风霜雷电冰雹雨雪
只有经历了苦难的折磨
才能更加懂得思考生命
更加热爱时光、珍惜生活

大叶茶的俗名
勾勒出你翡翠般宽大的叶形
树菠萝的称谓
是否称道你菠萝般的香味
除烦解渴呀
耳鸣、目赤,勒令它们回花果山
消热散风呀
头痛、齿痛,打发它们去爪哇国

生活中不应总尝甜食
品品苦味,会更觉岁月的甜美
苦丁茶的回味中
不就有着苦尽甘来的丰硕
泡在蜜糖里长大的
却结不出经受磨难后的坚果

2003 年 9 月 16 日 11 点 15 分

木蝴蝶

你有一个翩翩起舞的名字
那双双对生的叶片
就如同你优雅的双翅
为何又有众多与纸相关的名称
千层纸、千张纸、白玉纸
好像蔡伦是因你获得造纸的启示
最难堪的是破布子的称呼
如同一个流浪者衣衫褴褛颠沛流离

呵,木蝴蝶
你的身影为这世界扑腾翻飞
呵,白玉纸
你的生命为这人世尽心尽力
你的皮,消热利湿
传染性肝炎、膀胱炎望风披靡
你的籽,止咳润肺
急性支气管炎、咽喉炎杳无声息
纸张写下的历史会被焚毁、隐匿
生命烙下的痕迹却刻入人们心底

2003 年 9 月 16 日 13 点 10 分

白　果

人称银杏是活化石
从女娲补天起就铭刻历史
人敬你作公孙树
如儒者翩翩摇羽扇服纶巾
人赠你为鸭脚子
圆圆叶片似在碧浪里扑腾

将你的叶做成一枚书签
夹在我记忆的情感深处
将你的果画上熟悉的眼
陪伴我日落月出朝朝暮暮

你翠绿的叶
在金黄中报道着秋的讯息
你微毒的仁
却有华佗、扁鹊的神奇
敛肺定喘
可治支气管炎、肺结核、心绞痛
能驱哮喘、尿频、遗精、冠心病
每一片树叶都写上你的性格
一举一动都烙入了你的年轮

2003 年 9 月 16 日 13 点 40 分

蒲　葵

是古代仕女纤手上优雅的妆点
还是穷苦百姓驱暑降温的蒲扇
扑打夏夜的流萤、春日的粉蝶
还是拂去肩头的尘土与热汗

你傲然伫立的秆不屈不挠
你四季常绿的叶仰天长笑
食道癌、鼻咽癌、白血病
你的根、叶、籽都是良药

扇叶葵、葵扇叶、葵扇木
你的名字里总离不开葵与扇
给世界带来幽雅与凉爽
给生活添上情趣和舒畅

2003 年 9 月 16 日 21 点 25 分

牛耳枫

如听见草坡上晨曦里
牛觅食时的长哞
如看到小溪边晚霞中
牛饮水时的俯首
你宽大的绿叶
在风中就如同摆动着的牛耳
你奇特的名字
会想起名言俯首甘为孺子牛

为何将你与山中之王挂钩
老虎耳、南岭虎皮楠
令人想起东北虎的一声猛吼
威风凛凛让群峰山林颤抖

无论是虎是牛
不管是长哞还是猛吼
消热解毒
感冒发热、扁桃体炎
在你的面前逃逸
活血舒筋
跌打肿痛、疮疡肿毒
在你的耳边俯首

在生命的旅途上
只有努力付出
才可能成为执牛耳者

2003年9月17日8点10分

木芙蓉

见到你就想到贵妃醉酒
醉酒芙蓉的雅号
描绘出翩翩舞姿和柔媚歌喉
三变花是说你女大十八变
拒霜花是指你妆点金秋

宽大的叶呵
在风雨中精神抖擞
粉红的花呵
自斟自酌独上高楼
清热解毒
久咳不愈、腮腺炎鸣金收兵
消肿排脓
痈肿疮疖、乳腺炎作揖叩头

生活中不能没有好酒
有时未免会借酒浇愁
与挚友共饮才有乐趣
只是别让你一醉方休

2003 年 9 月 17 日 12 点 30 分

红叶铁树

宋竹是标你的高风亮节
将宋词的意境融入节秆血脉
以钢铁铸就你的筋骨
铁树是描你的铮铮气概
朱蕉、红叶是绘你的色彩
用紫色勾勒灵魂的雾霭

不与竹林、棕榈攀比身材
却在绿树丛中依然光彩
味淡性平
平和中显现儒家风范
解瘀止痛
药到病除有华佗神采
风湿骨痛、痔疮出血
先兆流产、肠炎、菌痢
在铮铮铁骨下纷纷闪开

不为崇高而生
却为平凡而来
过于崇高的
只能供作偶像崇拜
甘于平凡的

在平朴的生活中

却总有着真实的憎与爱

2003 年 9 月 17 日 16 点 40 分

大叶千斤拔

你是有盘古开天的神力
还是有壮士除暴的勇气
力拔千斤兮功盖世
功亏一篑兮别虞姬
不过乌江兮楚霸王
英雄意气兮人嘘唏

用雷电为称
称出你千斤红的境界
以风雨为证
展现千斤不倒的英姿
舒筋活络
驱逐风湿性关节炎、气虚脚肿
强腰壮骨
推拿跌打损伤、腰肌劳损
只有全心全意地对待生活
才能以千斤的力气面对人生

2003 年 9 月 17 日 17 点 30 分

朱砂根

你是风霜雨雪中的伞盖
叶似冬青,汲取山的琼浆
你是深山野地里的精魂
根大如箸,染上赤色梦想

你为路人避雨遮阳
大罗伞、人凉伞
是对你无私奉献的褒奖
你为病人祛除病痛
活血祛风、解毒消肿
诊治扁桃体炎、支气管炎
消除风热感冒、咽喉肿痛
只要还有烈日,还有风霜
你就总是撑着那把绿伞

2003 年 9 月 18 日 16 点

地涌金莲

你有芭蕉的姿色
却没有雨打芭蕉的悠闲
你有涌泉的梦幻
却没有奔流到海的畅想

扎根在山野之间
从未想离开泥土的关爱
地金莲、地涌莲、地母金莲
没有大地哪有金色的秋天
以大地的胸襟关怀世界
用地母的臂膀拥抱人间
收敛止血,是你常见的效用
解酒解毒,是你善心的体现
自吹自擂就如同涂脂抹粉
众人口碑才是真实的褒贬

2003 年 9 月 18 日 16 点 35 分

石菖蒲

你是端午节门前的驱邪剑
你是月圆时书斋的伴读郎
插青为记，感动兵卒
免骚扰弃骨肉者的守信重义
延年益寿，鹤发仙人
赐长生不老药与登嵩山武帝
传说与神话常蕴含深邃道理

水剑草，勾勒你勃勃英姿
石蜈蚣，描画你有情有节
感百阴之气
盘根错节执著顽强
集山野之魅
根瘦节蹙化百疾
开窍化痰止痛理气
祛风除湿宽胸益智
慢性胃炎、胸腹涨闷
耳聋耳鸣、神智不清
截蒲为剑，令邪毒退避
割蓬作鞭，命病痛远离

日落月圆白驹过隙

诗人骚客为你赋诗作词
平实质朴流芳百世
言行举动塑造你自己

2003 年 9 月 18 日 20 点

歌词天地

小纸船

让我折一只小纸船
用我的心扉做帆
以我的爱意为风
驶入你粉红的梦
昨天的争吵和误会
都付予白云和彩虹

让我折一只小纸船
用我的真情做桨
以我的誓言为樯
划入你蔚蓝的梦
明天的暴雨和狂风
都为你遮挡与呵护

让我折一只小纸船
用我的歌声做桅
以我的亲吻为绳
荡入你银色的梦
未来的家园与幸福
让我们携手去建筑

副歌：

啊，小纸船，小纸船
装满了我的情
啊，小纸船，小纸船
寄托着我的梦

知了，知了

知了知了你别吵
我的心思他不知道
知了知了你别叫
我约他到小树林聊一聊

知了知了你别闹
看我的花裙好不好
知了知了你别嚎
我的心儿怦怦地跳

知了知了你爬高
看他来了就报告
知了知了你飞跑
你听我表白不害臊

副歌：
知道了，知道了
知了知道了
知道了，知道了
知了飞跑了

不想见你又见到你

偏偏前天下大雨
躲在屋檐又见到你
你身边的女孩真俗气
小小的眼睛配不上你

偏偏昨天刮台风
喝杯咖啡又碰到你
你另有所爱我不生气
见到我爱理又不理

偏偏今天车抛锚
无可奈何又见到你
帮我修车你不言语
开车上路我又想起你

副歌：
不想见你又见到你
要忘记你却老想你

小花伞

那天下雨你拿走我一把小花伞
为什么到现在你还不来还
此后我天天想来日日盼
盼明天下雨你就来还我的伞

那天下雨你拿走我一把小花伞
就像拿走了我的心和肝
女孩的痴情不好对人讲
男孩的粗心就像猴子捞月亮

那天下雨你拿走我一把小花伞
一直看你走过那堵小矮墙
不见你笑脸茶饭都不香
你什么时候再来还我的小花伞

副歌：
小花伞，小花伞
你是否天天把他来陪伴
小花伞，小花伞
你是否提醒叫他来归还

生日派对

今天我家开派对
请上同学聚一回
唱歌跳舞吃蛋糕
人生能有几回醉

今天我家开派对
老爸老妈都不回
点上红烛发个愿
天天过生日有多美

今天我家开派对
抛开书本乐一回
自由自在真快活
难忘今宵醉醉醉

副歌：
生日派对,生日派对
Happy birthday to you
Happy birthday to you
生日派对,生日派对

擦去你的眼泪

擦去你的眼泪
今天的事情是我不对
看你流泪我心痛
想想实在是后悔

擦去你的眼泪
双腿跪下给你赔罪
看你流泪我心碎
除你我会去爱谁

擦去你的眼泪
请你接受这束玫瑰
绽开笑颜我心醉
我老出错你总对

副歌：
擦去眼泪，绽开笑颜
生活比酒更甜美

千纸鹤

当我们折起千只纸鹤
为你的健康我们唱起歌
你早日康复是朋友的心愿
你快乐大家也就快乐

当我们折成千只纸鹤
五颜六色就像我们的歌
你早日展翅是父母的期盼
你欢乐全家也就无忧

当我们送上千只纸鹤
你的笑颜就像最美的歌
你永远幸福是爱人的祝福
你抖擞世界也就抖擞

副歌：
啊，千纸鹤，千纸鹤
寄托着大家热情的祝福
啊，千纸鹤，千纸鹤
表达了我们真诚的祈求

为何你的电话老占线

为何你的电话老占线
要与你说话难于上青天
为何送去的礼物被退回
向你表白你却总不见面

为何你的电话老占线
你的朋友难道有万万千
为何却容不下我一个
我的痴情难道你还不明白

为何你的电话老占线
女人的心思总是很难猜
就像孩子的脸一天变三变
刚才还下雨突然又是大晴天

副歌：
电话占线,想与你见面
电话占线,你总不见面
你总不见面……

怪你，怪你，就怪你

怪你，怪你，就怪你
嫁你这样的老公真晦气
车停在门口被人放了气
无权无势任人骂来任人欺

怪你，怪你，就怪你
嫁你这样的老公真霉气
重点学校孩子都进不了
没有门路哪壶不开哪壶提

怪你，怪你，就怪你
嫁你这样的老公真丧气
想吃想穿的东西都不敢买
没有钱财走出门去也没神气

副歌：
怪你，怪你，就怪你
谁让我嫁了你这个窝囊废

爱你，疼你，又恨你

我爱你，疼你，又恨你
为什么你总是在我的心坎里
总想时时刻刻见到你
见不到你我总不放心你

我爱你，疼你，又恨你
为什么你总不会照顾你自己
刮风下雨我总想起你
出门带伞还应该多穿衣

我爱你，疼你，又恨你
为什么想你我就不想我自己
你连我的生日也记不起
我是自作自受并不怪罪你

副歌：
我爱你，疼你，又恨你
我恨你，疼你，又爱你

红围巾

你送我一条红围巾
火红的色彩就像我欢乐的心
我愿意每天都围着它
就像你抱着我心心相印

你送我一条红围巾
美丽的图案就像那晨曦的云
我愿意时刻伴着它
就像你挽着我充满爱情

你送我一条红围巾
柔软的质地就像那三月的风
我愿意永远揣着它
就像你伴着我洋溢温馨

副歌：
啊,红围巾,红围巾
它就像你一颗爱我的心
啊,红围巾,红围巾
它象征着你和我的情

鸡尾酒

他递给我一杯鸡尾酒
点点滴滴甜在我心头
过去的恩怨风吹散
女人的心思他没猜透

他递给我一杯鸡尾酒
不用言语醉在我心头
孤独的人比黄花瘦
赌气生活我也没法受

他递给我一杯鸡尾酒
清醇的酒暖在我心头
矜持的堤坝被浇透
情感春潮奔涌在胸口

副歌：
鸡尾酒，鸡尾酒
点点滴滴在心头
鸡尾酒，鸡尾酒
青春过去不回首

记得那天下小雨

记得那天下小雨
我们道别在小路口
你牵着我的手
我牵着你的手
句句话铭记在我心头

记得那天下小雨
我们重聚在大墙后
你摸着我的头
我握着你的手
满腹话儿涌出我胸口

记得那天下小雨
我们分手在大街口
你扭过你的头
我拉着你的手
绝情的人儿实难留

谁说女人不坏男人不爱

谁说女人不坏男人不爱
表里都美男人才爱
名声常常胜过脸面
涂脂抹粉难以掩盖

谁说女人不坏男人不爱
女人都应自珍自爱
倘若只图一时痛快
后悔莫及自怨自艾

谁说女人不坏男人不爱
生活对人平等相待
真挚爱情永葆青春
地久天长千秋万代

副歌：
心心相印，自珍自爱
纯洁爱情，千秋万代

回到童年

让我们在纷扰的生活中
回到童年
唱起那熟悉的儿歌
那放飞的风筝与云彩
都烙上了童年的温馨和甘甜

让我们在忙碌的工作中
回到童年
跳起那活泼的舞蹈
那雨中的花伞与大海
都寄寓着童年的向往和愉快

让我们在奇异的梦境中
回到童年
驰骋那奇特的思绪
那人生的劳累与烦恼
都交给了童年的玩具和友爱

副歌：
回到童年，回到童年
有一颗童心非常可爱
回到童年，回到童年
童年的记忆永难忘怀

让我们一起去看大海

今天是个星期天
让我们一起去看大海
带上漂亮的游泳衣
把烦恼忧愁抛天外

今天是个星期天
让我们一起去看大海
带上野餐的小竹篮
让生活变得有色彩

今天是个星期天
让我们一起去看大海
带上我们的情和爱
使生命更加有光彩

副歌：
看看大海，开阔胸怀
看看大海，欢乐愉快

小蜗牛

雨后天晴田野里走
树干上爬着只小蜗牛
两只触角摇呀摆
背上还背着个圆圆的壳

清晨开花院子里走
花秆上爬着只小蜗牛
悠闲漫步花丛中
看见人走过就缩起了头

月圆时分小河边走
河滩上爬着只小蜗牛
身后留下银色的线
漫长的道路上它不回头

副歌：
啊，小蜗牛，小蜗牛
认准了方向走呵走
啊，小蜗牛，小蜗牛
勇敢执著地向前走

没有爱情也做朋友

蝴蝶双飞情投意合
棒打鸳鸯难分难舍
心心相印才有自由
没有爱情也做朋友

瓜儿不熟莫要强扭
牛不吃草别按牛头
不做夫妻别结冤仇
没有爱情也做朋友

爱美之心人人皆有
甜言蜜语别说过头
春风不必去怨杨柳
没有爱情也做朋友

副歌：
朋友多了就有好酒
没有爱情也做朋友

我们是光荣的人民教师

（合唱）

让每一片绿叶洒满阳光，
让每一株幼苗茁壮成长。
我们是光荣的人民教师，
传道授业，弘扬华章，
言传身教，孕育辉煌，
民族未来担在我们的肩上。

让心灵遨游在知识海洋，
用日月编织成远大理想。
我们是光荣的人民教师，
教书育人，道德文章，
与时俱进，奋发图强，
赤诚的心点燃祖国的希望。

副歌：
啊，我们是光荣的人民教师，
东海之滨呵黄浦江畔，
精心培育呵桃李芬芳，
让生命焕发出炽热的光芒。

教师节抒怀

（独唱）

当朝霞染红秋天的果园，
东方明珠露出俊秀的身材。
白鸽捎来一张张贺卡，
祝福来自天南地北。
老师您好！老师您好！
真诚的祝福温暖我的心怀。
春华秋实呵桃李满园，
呕心沥血呵两鬓斑白，
幼苗长成栋梁之材，
日月如梭呵无怨无悔，
放声歌唱抒发我的挚爱。

当明月绽开节日的笑脸，
浦江两岸点亮璀璨的灯海。
银铃传来了一声声问候，
问候来自海内海外，
老师您好！老师您好！
深情的问候激荡我的心海。
青出于蓝呵走向世界，
投桃报李呵真情永在，
后继有人一代一代，

无比自豪呵无比欢快，
高歌一曲抒发我的情怀。

祝福您，敬爱的老师

（小合唱）

呈上一束秋菊金黄如画，
敬上一张美丽精巧的贺卡，
祝福您，敬爱的老师，
教师节我们将敬意表达。
循循善诱您将知识传授，
言教身传您朴实无华。
日出月升您总将我们牵挂，
兢兢业业您的两鬓已有白发。
祝福您，敬爱的老师，
健康快乐，幸福全家，
在属于您的节日里，
我们将深深的敬意表达。

送上一束月季粉红如霞，
敬上一张美丽精巧的贺卡，
祝福您，敬爱的老师，
教师节我们将谢意表达。
谆谆教诲您教书育人，
无私奉献您平凡伟大。
风风雨雨您总将我们呵护，
任劳任怨您的心胸多么博大。

祝福您,敬爱的老师,
健康快乐,幸福全家,
在属于您的节日里,
我们将真挚的谢意表达。

2005 年 5 月 23 日

做人民的公仆

想想抗日烽火中身先士卒，
想想长征路上官兵同甘苦。
没有先烈的洒热血，
就没有新中国；
没有前辈的抛头颅，
就没有我们的幸福。
继承先烈遗志啊走前辈的路，
奉献是我们应尽的义务。
无私才无畏呀廉洁才奉公，
鞠躬尽瘁做人民的公仆。

想想支前烽烟中的独轮车，
想想横渡长江上的老船工，
没有百姓的呵护，
就没有新中国；
没有人民的支援，
就没有我们的幸福。
为人民服务啊为人民服务，
人民是我们的衣食父母。
无私才无畏呀廉洁才奉公，
鞠躬尽瘁做人民的公仆。

2005 年 7 月

“贤文化”之歌

当朝阳在杭州湾冉冉升起，
金色的阳光洒满奉贤大地。
在言子办学的东海之滨，
歌声荡漾着金汇港的涟漪。
敬贤、学贤、齐贤，
共建文明啊崇文尚礼，
现代化滨海新城正在崛起。

当圆月在杭州湾悄悄升起，
银色的月光铺满贤达之地。
在庄行暴动的黄浦江畔，
歌声回荡着古城墙的石壁。
尚德、成材、奉献，
发奋图强啊知行合一，
贤文化勃勃生机辉煌无比。

副歌：
敬奉贤人啊见贤思齐，
崇德尚贤啊生生不息，
古老的奉城充满生机，
未来的奉贤更加美丽。

2010 年元月 4 日

校园诗存

寄情十二首

徘　徊

海棠婀娜娉婷开，
独立群芳幽香来；
端庄文静爱不够，
花前月下苦徘徊。

寄　情

飞蛾扑火为光明，
粉蝶投花爱芳馨；
心底春潮抑不住，
烛下挥毫寄痴情。

焚　信

明窗归雁不敢看，
幽居展笺心颤颤；
一纸含泪化灰去，
留下夜夜空长叹。

折　磨

摧肝折肠苦太多，
自酿苦酒自折磨；
纵是月明星稀时，
醉中强笑对影说。

寂　寞

热泪强咽甘寂寞，
书斋春秋扉深锁；
案前春心雨滴碎，
枕中秋梦月照破。

望　舟

落网飞蛾难自拔，
随波落叶步难煞；
已知春舟系不住，
岸边痴柳仍望她。

怯　情

为何生我又生你，
纸破灯明两相避；
狭路相逢怯怯时，
强笑一丝苦还疑？

望　春

寒风撕破叶千片，
凄凄苦思又一年；
霜夜孤雁仰空号，
衰草枯柳望春天。

诉　旧

诉旧倾怀何怅然，
感君有礼相陪伴；
任是炭火频频添，
殷殷心血仍不暖。

枯　杨

梧桐才能栖凤凰，
衰柳怎配倚海棠；
待等梁前红烛满，
能记风中一枯杨？

叹　春

屋檐雏燕年年换，
眉梢愁痕岁岁添；
无情光阴荏苒去，
桃花落尽鬓已斑。

相　怜

强扭香瓜味不甜，
胡摘奇葩色不鲜；
但念同生一乡土，
异域归途常相怜。

无题四首

一

校园何处觅春风，
别离时节愁重重。
忆昔相识缘何在，
落花流水都是梦。

二

月圆月缺人生事，
总记去岁圆月时。
今宵月隐星不见，
相逢何必曾相识。

三

为谁憔悴为谁愁，
满目秋风黄花瘦。
最是夜深肠断处，
独步塘边伴孤柳。

四

长夜难眠苦愁多，
是热是冷总难说。
收拾往事与诗情，
抛入大江逐清波。

窗前曲

月亮从云缝里挣出树影婆娑，
你穿着轻裙从我窗前悄悄走过，
裙边擦着路旁的野花窸窸窣窣，
如擦着我年轻的心窝。
看多情的柳丝抚着你的肩膀，
我痴想为什么那不就是我，
瞧池塘的青草伴着你暮思晨读，
我从心底里把它们羡慕。
呵，别说，一句话说出就是一团火，
是的，没有细细耕耘且莫匆匆收获。

塔三首

古　塔

依旧是乌鸦的翅膀伴你度过寂寞的黄昏，
依旧是牛儿的长哞唤醒你衰老的春晨。
你头顶的野蒿黄了又绿，绿了又黄，
你脚下的小河浑了又清，清了又浑。

看暮色里塔边农人荷锄的一行剪影，
难道这永远是古国山乡的田园风景？
听夜风中桥畔洗衣姑娘嘹亮的歌声，
和着塔尖古老的铜铃、水车呀呀的叶轮。

吊　塔

多少双眼睛仰望你高耸的身躯，
多少颗心儿牵挂你长长的手臂。
月下，一对情侣徒步来到这里，
特意来看看砖墙又长高了几米。

你刚吊装完工人新村的屋顶，
又浇灌起教学大楼的地基。
呵，恨不得我就是你粗壮的手臂，
一夜间，将一座城市在荒野中搭起。

水　塔

没有人在你身上留名题字，
没有人在你身前献花鞠躬。
小鸟也不常在你肩头落脚，
陪伴你的只有高傲的烟囱。

呵，滚滚浓烟恣意描画湛蓝的天空，
高高的水塔也被熏黑了半边面孔。
假如水塔也被浓烟呛住了喉咙，
城市的心脏岂不要停止跳动？

原载《星火》1981 年第 1 期“新星闪烁”诗辑

茅家岭情思七首

到茅家岭

儿时，从《红岩》里，
我知道了你——上饶集中营，
我想那里电网高筑，刑具狰狞，
春风不度，春草不青。
今日，十月流金，
我来到这里——茅家岭，
看眼前秋菊漫野，果树遍岭，
巨碑耸天，草坪青青。
踏着烈士的足迹呵，
我记下点点滴滴，
伴着我的一腔深情。

樟　树*

我和你同岁，
浴过二十八个秋雨春波；
你和我同龄，

---

* 此处原有一株老樟，敌人曾在此吊打我革命志士，解放前夕被敌人砍掉。解放后在原地补种了一株。

没熬过鞭挞索勒的折磨。
你站在这里
不是为了占住前辈炫目的宝座，
我来到这里
不是为了数点家门功劳的印戳。
你呀你
望着我把什么诉说？
先烈临刑的遗言、祖国带血的嘱托？
我呀我
望着你暗暗思索，
怎样才能无愧于先辈无愧于祖国？

碑　前*

一株盘曲老樟
撑起一顶碧绿的巨伞，
几块玲珑山石
点缀着碑前的幽雅清净，
她辫梢结着一对黑色蝴蝶，
身上穿着一件素色轻裙。
靠近山石
我脚步儿轻轻细细听，
哦，她在念：
“今年春草除，犹有来年春。”①

---

* 纪念碑前有一姑娘在念书……
① 此句为革命烈士吕大千遗诗。

抬眼,我看见巨碑如塔绿树如云,
回首,我远眺信江如带厂房如林。

铁刺木笼*

千只恶牙,
曾啮咬过多少血肉身躯?
一方木笼,
曾吞咽了多少不屈志士?
呵,革命者不愿跪着生,
宁愿站着死,
血流尽了
月光下还轻唤祖国的名字。

为什么此时却激不起
我童年时的澎湃心潮?
那时每到此刻
眼泪总把红领巾打湿;
哦,也许是十年浩劫
见多了“老虎凳”、“喷气式”,
哦,也许是十年磨难
流空了泪囊,冻结了心池。

原载《南昌晚报》1980 年 10 月 28 日

---

* 监狱里有一对铁刺木笼。

柿子树*

寻觅你，绕过竹林荷塘、小桥田洼，
瞻仰你，怎顾汗湿衣衫、灰扑鞋袜。
是你吗？满树枝繁叶茂、果实累累，
是你呀，一身节节疤疤、疙疙瘩瘩。

绳勒鞭挞，身上刻下了逝去的苦难生涯，
血风腥雨，你枝头却撑起一座绿色大厦。
哦，柿子红了，长天落下一朵绚丽彩霞，
莫道新果苦涩，它曾经付出过多少代价！

七堡社**

轻烟袅袅高香几炷，是在为谁祭灵？
纸钱一地鲜花一束，是给谁的祈祝？
哦，是他们，砸碎镣铐为了自由幸福，
哦，是他们，冲破牢笼冒着弹雨箭簇！

呵，七堡社，你曾经袒露胸腔把革命掩护，
呵，七堡社，热血曾染红你身前的热土。
高香几炷，纸钱一地，
莫笑这祭奠的方式古老、淳朴，

---

* 茅家岭有一柿子树，敌人曾经在此严酷地吊打革命志士。

** 茅家岭有一神龛，上书“七堡社”，茅家岭暴动时，志士们以此为掩体。

鲜花一束、赤心颗颗，
将多少虔诚、崇敬深深地寄托……

铁 镣*

一条铁索套走了爱人的亲吻、母亲的爱抚，
两个圈圈至今仍恶毒地禁锢着烈士的忠骨。
锁住自由锁不住革命的坚定信念，
锁住双脚锁不住春天的顽强脚步。

望着你，我听见刑场上铁镣铿锵、志士高歌，
透过你，我看见战场上烈马奔驰、战士挥戈。
为什么历史常有惊人的重复？
十年浩劫怎不使先烈们痛心疾首！
呵，新一代为了拯救多灾多难的祖国，
又磨细了几副镣铐，熬断了几条铁索？

此诗原载《东乡文艺》1980 年第 3 期

---

* 解放后，在茅家岭烈士遗骨处挖出几副铁镣。

后 记

我的诗歌创作缘于对唐诗宋词的热爱。读中学时我就喜欢诗歌，虽然是在“文化大革命”时期，但我以抄写唐诗宋词打发时间，便抄了厚厚的几本。下放时，我将这几本抄录的唐诗宋词带去了乡间，闲暇时拿出来翻翻，是一种疲惫后的享受，闲来也依样画葫芦一般写一些，现在读来并没有多少诗意。读大学时，我开始诗歌创作，当时的诗风都是一些空泛的激情、口号般的激动，却也让我靠拢了诗歌，养成了一种诗人的敏锐与激动。毕业时我与同学互赠诗作，好像那时自己的诗歌还有一点诗歌的境界。

大学毕业后，我留校在写作教研室任教，在教学之余仍然学习创作，写散文，写诗歌，后来在《星火》杂志还发表过一组诗歌，在生活中常将自己的一些忧伤兴奋用诗歌写下来。我总是认为，凡是好的文学作品都是有诗意的，有诗歌的构思、诗歌的意境与诗歌的精致，脱离了粗俗、空泛，就是文学的精品。

我攻读硕士、博士学位都属中国现当代文学领域，在以文学为研究对象的过程中，我仍然没有放弃文学创作，诗歌也是我平时练笔的一种方式，保持心态与思路的活跃，保持心理年龄的年轻，大概写诗歌也就是这样一种境界。我的许多诗歌是在开会时创作的，大约因为处于一种比较放松的心境，便精骛八极天马行空，有时顺手写下一些感悟与遐思，将它们汇集起来，就变成这样一本杂乱的诗集。

这部诗集中的大多数作品写完后就存入电脑，并未拿出去发表，其中少量的诗歌曾经刊载于报刊。诗集中的某些作品，是与朋友开玩笑的产物，插科打诨嬉笑怒骂，只是想创造一种气氛，现在将这些原原本本地收入集中，但愿朋友不会因此与我反目。

文学是一种有意味的东西，诗歌是文学的精华，无论我的诗歌写得如何，都是我生命的轨迹、人生的录写。诗歌，必须有真情；诗歌，应该有意境。我将这部诗集取名为“瞻雨书怀”，大概也是我人生的一种追求吧！

2014 年 12 月 16 日

于上海师范大学文苑楼